Değişen Zamanda Farklı Kader, Aynı Çileler

KADININ VAR

ÖYKÜ

Bengül DEDEOĞLU

3. BASKI

HERDEM KİTAP

HERDEM KİTAP

Mutlu Mah. İmam Alim Sultan Cad. 103/15-A
Türközü/Ankara - Telefon: 0312 433 08 93
E-posta: info@herdemkitap.com / herdemkitapyayin@gmail.com
www.facebook.com/herdemkitap www.twitter.com/herdemkitap
www.herdemkitap.com

Yayıncı Sertifika No: 29377

3. Baskı: Ankara 2019

Genel Yayın Yönetmeni: Şebnem Sezgin Canatalay

Editör: Betül Güneş

Grafik Tasarım & Mizanpaj: Su Ajans

Baskı: Eğiten Matbaacılık / 29377

Dostluk ve Dayanışmayla...

Değişen Zamanda Farklı Kader, Aynı Çileler

KADININ VAR

ÖYKÜ

Bengül DEDEOĞLU

3. BASKI

HERDEM KİTAP

YAZAR HAKKINDA

Erzurum'da doğan eğitimci yazar Bengül Dedeoğlu, 1985 yılında Bakırköy Kız Meslek Lisesi Çocuk Gelişimi ve Eğitimi Bölümünden mezun oldu. Uludağ Üniversitesi 4-6 Yaş Grubu Çocuk Eğitimi ve Etkinliklerine katıldı. Kendini çocuk gelişimi üzerine yetiştirmek isteyen yazar, mesleğiyle ilgili çok sayıda kurs, seminer ve eğitimlere katıldı.

Yazar, çok çeşitli iş alanlarında çalıştı. Çeşitli dershanelerde eğitim danışmanlığı, özel anaokullarında öğretmenlik, 18 yıl Sümer Holding bünyesindeki anaokulunda öğretmenlik, 2005 yılında Yavuz Oyun Evi'ni kurarak kurucu müdürlüğünü yaptıktan sonra 2012 yılında emekliye ayrıldı.

Çocukları çok seven yazar, özellikle çocuklar üzerine yazılar yazdı ve onların gelişimiyle ilgili çalışmalara imza attı. Çeşitli dergi ve TV programlarına katılan yazar, 3 – 6 yaş arası çocuklar için yazdığı zekâ geliştirme, oyunla matematik öğrenme ve din konularındaki kitaplarıyla tanınıyor.

Dilinin akıcı ve süslü olması nedeniyle yayınevlerinden gelen teklifler üzerine yetişkin kitleye hitap eden *Kadının Adı Var* adlı kitabını yazdı. *Bakırköy Gazetesi*'nde köşe yazarlığı yapan yazar, 2013 yılında en iyi köşe yazarlığı dalında plaket almıştır. 2014 yılında *Bolatlılar Dergisi*'ne katkılarından dolayı teşekkür plaketi almayı hak kazanmıştır. Bugüne kadar katılmış olduğu yarışmalardan 4 tane teşekkürü vardır.

Yazarın 30 adedi basılı olmak üzere 99 adet e- kitabı da dünya genelinde İtalyanca ve İngilizceye çevrilerek satışa sunulmuştur. Yazar 2014 yılında Beykent Üniversitesi'nde Çocuk Gelişimi Günleri'nde vermiş olduğu seminerden dolayı plaket almıştır. 2015 yılında ise Yüksekova 1.Çocuk Kitapları Okuma İmza ve Seminerlere katılımıyla plaket almıştır. *Kadının Adı Var* kitabı 2015 yılı en iyi satılan kültür kitapları arasına olup 7.04.2016 yılında kitabın 2. baskısı çıkmıştır. Yazar, *Mektup Edebiyat Dergisi*'nde köşe yazılarına devam etmektedir. 2016 ve 2018 yılının en başarılı ve çalışkan yazarı olarak ödül almıştır.

TEŞEKKÜR

Esin kaynağım, sevgili yeğenim Yavuz 1999 yılında Bakırköy'de doğdu. Bakırköy Cumhuriyet İlkokulunda 8. sınıf öğrencisi olan ve kitaplarımın yazılmasında ilham aldığım, çocuksu duygularıyla bana destek olmaya çalışan ve önerilerde bulunarak yönlendiren pırıl pırıl, çalışkan ve sanatçı ruhlu yeğenime sonsuz şükranlarımı sunuyorum.

Onun bir bilim adamı olarak yetişmesi dileğiyle...

Kitabımın editörlüğünü yapan ve yoğun emek harcayarak yayına hazırlayan Çelebi Öztürk'e sonsuz teşekkürlerimle...

Değişen zamanda hikâyeleri farklı olsa da çileleri aynı olan kadınlarımıza...

İÇİNDEKİLER

AYŞE SEVGİ ARIYORDU

Hava bahar kokusuyla doldu. Güneş, yüzünü göstermeye başladı ve yeryüzündeki tüm canlıları ısıttı. Kelebekler uçurmaya başladı. Çiçekler açtı.

Kuşların sesi gibi sokaktaki çocukların sesi de gür ve neşeli çıkıyordu.

Evet, bahar geldi ve insanlar dışa vurmaya korktukları bastırılmış duygularıyla gülmeye çalışıyorlar. Bahara özgü kıyafetleriyle bir sokak defilesi görüntüsü içindeler. Önce kıyafetler, baharın hoş kokulu esintisini tüm vücuda mıknatıs gibi çekiyor.

İnsanın içini ferahlatan, şuh duyguları dışa vuran içsel ve melankolik duygular, güzel havanın etkisiyle insanların yüzüne yansıyor.

Sokaklar cıvıl cıvıl... İstanbullu sanki bu güzel havayı bekliyormuş! Ne kadar gölge, park, bahçe varsa İstanbullu ile dolmuş. Herkes piknik yapıyor, herkes neşe içinde... Bunun bir nedeni de soğuk havaların geride bırakılmasıyla özlenen güneş, deniz ve güzel havaların gelmiş olması. İnsanlar bu güzel havanın tadını çıkarmaya çalışıyor, herkesin gözünde mutluluk okunuyor. Sahilde piknik yapanların yüzüne vuran serin esinti, tatlı bir tebessüm oluşmasına neden oluyor.

İnsanlar, böyle güzel bir günde sıkıntılarını, dertlerini unuturken, bir köşede itilip kakılmışlığı yaşayan, en güzel günde bile gözyaşıyla gülmeye çalışan, yığın dertlerin acı tebessümlerinin adının mutluluk olduğu, katmerleşmiş mutluluk çökeltileri ile yaşayan, yaşamaya çalışan insanlar da vardı!

Bunlardan biri de şirin mi şirin bir kız çocuğu idi. Altısı kız, ikisi erkek sekiz kardeşin yedi numarasıydı. Ailenin ayak işlerine o bakardı. Sekiz kardeşin arasında var olma, sesini duyurabilme, onun da duygularının olduğunu anlatabilme savaşı hep başarısızlıkla sonuçlanmıştı. Ne zaman konuşmaya başlasa önce annesi sonra da babası tarafından "Sen sus! Aklın ermez senin! Kız çocukları konuşmaz!" gibi henüz nedenlerini anlayamadığı şekilde susturulur ve öne çıkma planı hep suya düşerdi. Hiçbir zaman kendisini ifade etmesine izin verilmemişti. Kız çocuğu olduğu için horlanmış, itilip kakılmıştı.

Sekiz çocukla uğraşmanın ne kadar zor bir iş olduğunu biliyordu. Annesi kardeşleriyle de ilgilendiğinden her çocukla ayrı ayrı vakit geçiremiyordu. Ne annesinin ne de babasının çocuklardan hangisinin sağlık problemi olduğunu, hangisinin okula gitmediğini, hangisinin fiziki ve psikolojik gelişiminin tehlikede olduğunu bilmelerine imkân yoktu.

Babasının mesleği marangozluktu. Orta boyda, hafif göbekli, palaya yakın bıyıkları olan sert mizaçlı bir insandı. İki erkek evladını da çok severdi. Diğer kardeşlerini de severdi ama erkek kardeşlerini kızlardan farklı severdi. "Baba mesleğini de soyumu da siz devam ettireceksiniz," derdi. İşleri çok iyiydi. İyi para kazanıyordu. Eve gelirken mutlaka eli dolu gelirdi, elinin boş geldiğini hiç hatırlamıyordu. Aynı zamanda çapkınlığı dillere destandı. Bu yüzden annesiyle sık sık kavga ederlerdi. Babası çok sinirli bir insandı. Annesi bir şey demeye görsün, vay diyen sen misin, zavallı kadıncağız mutlaka dayak yerdi.

Bu şirin ve güzel kız, kardeşleriyle de anlaşamıyordu. Ne zaman kardeşleriyle bir konu hakkında konuşmaya kalksa horlanıyor, cevabını bulamadığı davranışlara maruz kalıyordu. Anne ve babasıyla da aynı sorunları yaşıyordu. Bazen anne ve babasına karşı çıkışlar yapıyordu ama bu çıkışlar genelde cılızdı ve sonu dayakla son buluyordu. Babasından dayak yerken annesinin müdahâle ettiğini hiç görmemişti.

Hayata sıcak bakan, insanları seven, böceklerle hatta karınca ile konuşmaya çalışan bu şirin kız, evet bu şirin kız, böyle bir yaşantı içinde ergenliğe girmişti.

On dört yaşındaydı ve üstelik çocukluğunu yaşayamamıştı. İçinde bulunduğu olumsuz koşullar beklentilerine gölge düşürmüş, içine kapanık bir insan hâline getirmişti. Hâlbuki hayattan beklentileri vardı. Hayalleri vardı, pembe hayaller... Her genç kızın hayalleri gibi... Ama ailesi bunları görecek durumda değildi. Bu şirin kızın hayallerini, düşüncelerini anlayacak kültür seviyesinden mahrumdular. Dolayısıyla bu şirin kızın yavaş yavaş serpilen, güzelleşen ve başını yastığa koyduğu zaman hayaller kuran bir genç kız olduğunu anlayamadılar.

Hava güzeldi; kuş sesleri cıvıl cıvıl, insanlar sokakta, çoluk çocuk neşe içinde sokaklarda oynuyorlar, sevgililer köşelerde kimselere görünmeden konuşma telaşındalar!

Böyle bir günde okula gitmek istemiyordu. Kalbi heyecan içinde çarpıyordu. Bu güzellikler arasında heyecan arıyordu. Evet, mutsuz geçen çocukluktan sonra ergenliğini yaşamaya çalışırken kendisini anlayabilecek, sevecek, ona değer verebilecek, kendisinin de sevebileceği bir erkeğin özlemi içindeydi.

Üstündeki baskılardan ve dayaktan bıkmıştı. Bugün okula gitmeme kararı almıştı. Kara önlüğünü çıkardı ve çantasının içine koydu. Çantayı da kullanılmayan bir evin havlu duvarının yanına üstünü kapatarak gizledi ve sonra çarşıya doğru yürümeye başladı.

Dinî ve millî bayramlar dışında çarşıya pek inmezdi. Yasaktı! Bayramlarda, eğer kendisine bir şey alınacak olursa annesi ve babasıyla birlikte inerdi. Erkek kardeşleri kadar serbest değildi. Çarşıya çok sık inmediği için her seferinde çarşı gözüne farklı görünürdü. Vitrinleri şaşkınlık içinde seyreder, esnafın dışarıya açtıkları tezgâhlara hayranlıkla bakardı.

Onun için bugün öyle bir gündü. Ana caddede vitrinleri, esnafların tezgâhlarını hayranlıkla izleyerek yürüyordu. Sanki kasabayı ilk defa gören bir insan hâli vardı. Onun böyle şaşkın şaşkın etrafını seyretmesine gülüp geçen insanlar da yok değildi.

Nihayet bir fotoğrafçı dükkânının önünde durdu. Vitrindeki büyük boy, çerçeveli resimlere hayran hayran bakmaya başladı. Her resim aslında kendi hayal çerçevesi içindeydi ama bu şirin ve güzel kızın bunları bilecek durumu yoktu.

Camdan kendi resmini görüyordu. Kendi güzelliğine hayranlıkla bakarken içerden bir delikanlının kendisine tebessüm ederek baktığını gördü. Tahminen yirmi beş yaşlarındaki delikanlının uzun saçları, ince bıyıkları ve tebessüm ederken parlayan dişleri hemen dikkat çekiyordu. Yakışıklıydı. Tıpkı hayallerinde beklediği prens gibi!

Delikanlının yüzündeki tebessümle kendisine doğru hareket ettiğini görünce heyecandan kalbi sıkışacak gibi oldu. Yüzü allaştı. Dükkânın kapısından başını uzatan delikanlı:

"İçeriye buyurun," dedi.

Hiç tereddüt etmedi. Rahat bir şekilde, sanki yılların tanıdık fotoğrafçısıymış gibi elini kolunu sallayarak dükkândan içeriye girdi.

"Buyur, şöyle otur," dedi delikanlı.

Delikanlının gösterdiği sandalyeye otururken gözleriyle dükkânın içini incelemeye başladı.

"Adım Ahmet. Ya seninki?" dedi delikanlı.

"Ayşe."

"Ne güzel bir isim! Ay ile şe'nin müthiş buluşması!

Anlamı derinleştiren, hayata renk katan, aşka çağıran bir isim!"

Ayşe, Ahmet'in söyledikleri karşısında âdeta taş gibi donup kalıyor, şaşkınlıktan küçük dilini yutacakmış gibi oluyor, konuşamıyordu. Ahmet, kendisine ne güzel şeyler söylüyordu! Daha önce hiç duymamıştı. Yabancı olduğu sözcükler, kulağa hoş gelen kelimeler, hayallerindeki gibi onu sarhoş eden cümleler...

Ahmet, çok neşeli bir adamdı. Hiç durmadan konuşuyordu. Bazen Ayşe, kulaklarına kadar kızarıyor ama tebessümü elden bırakmıyordu. Ahmet, hiç durmadan ona güzel şeyler söylüyordu. Sanki kulağına aşkı fısıldıyormuş gibi geliyordu. Durmadan fıkralar anlatıyor ve Ayşe'yi kahkahaya boğuyordu. Ayşe, bugün çok gülmüştü. Bazen Ayşe de konuşmuş, Ahmet onu dikkatle dinlemişti. Bu da Ayşe'nin çok hoşuna gitmişti. İlk defa biri, üstelik babası dışındaki bir erkek kendisini dinlemiş ve konuşmalarını başıyla tasdikleyerek ona değer verdiğini göstermişti. Bu, Ayşe için önemli bir şeydi.

Konuşma uzadıkça uzadı. Ayşe, saatin hızla ilerlediğinin farkına varmadı. Zaman öyle hızla akıp gidiyordu ki! Zamanın farkına varamayışın en büyük nedeni Ahmet'in kullandığı sözcüklerdi şüphesiz. O sözcükler... İnsanı hayata bağlayan, bazen kandıran bazen umutlandıran, zaman zaman yalvartan, aman dileten sözcükler... Ortalığa taç yapraklar gibi saçılan, bazen sonsuz, sınırsız bir yolculuğa çıkmış gibi yol gösteren bazen dingin sularda yüzmenin kapısını aralayan sözcükler. Sanki onların olduğu yerde zaman tatilde gibiydi. Fakat gerçek böyle değil! O sözcükler uçup gidici, akıp geçen zaman kalıcı... Bütün ağırlıklarına rağmen onlar dokunmalardan ve bıraktığı izlerden ibaret, kaderleri bu. Fakat hayata tahammül etmemize neden olan onlar, zaman değil...

Ayşe, zaman zaman okuldan kaçarak Ahmet'in fotoğraf dükkânına gidiyor, orada Ahmet'in aklını başından alan derin sohbetleri arasında hem çay içiyor hem de ona açılamamamın acısını yüreğinde hissediyordu.

Bu şekilde iki yıl geçti. Ayşe, artık on altı yaşındaydı ve daha da güzelleşmiş, dikkatli bakışları üzerine çeker olmuştu.

Ahmet'in fotoğraf dükkânına haftada ancak bir iki gün gidebiliyordu. Onu göremediği zamanlarda sohbetlerini ve kendi elleriyle demleyerek ikram ettiği çayını çok özlüyordu. Ahmet'le konuşmaktan, şakalaşmaktan çok mutlu oluyordu. Ahmet kendisini anlıyor ve değer veriyordu.

Onu düşündüğü zaman heyecanlanıyordu. Her dakika onun yanında olmak istiyordu. Bu duygunun adını henüz koyamamıştı. Çünkü daha önce hissetmediği bir duyguydu. Ahmet'i düşünürken ve onunla birlikteyken kalbi heyecandan sıkışıyor, onunla mutlu oluyordu. Evet, bunu hissetmişti; Ahmet ile olduğu zaman çok mutlu oluyordu.

Kendisini kalabalıkta yalnız hissediyordu. Ahmet düşüncesiyle meşgul olan kafası, okuldan kopmasına neden olmuştu. Artık okula hiç gitmiyor, soluğu direkt Ahmet'in yanında alıyordu. Okul idaresi tarafından devamsızlığının babasına iletileceğini bile gözden çıkarmıştı. Nihayet bir gün okul idaresi babasını okula çağırarak Ayşe'nin okula hiç gelmediğini ve devamsızlık nedeniyle okuldan atılacağını söylediler. Baba küplere binmişti. Olamazdı, böyle bir şey olamazdı! Onun kızı böyle bir şey yapamazdı. O, çevresinde namuslu bir insan ve esnaf olarak tanınıyordu! Dolayısıyla kızının yapacağı bir ahlaksızlık işlerini de etkileyebilirdi. Öfkeli bir şekilde eve vardı. "Sen kızına niye sahip olamadın?" diyerek annesini bir güzel haşladıktan sonra bir sigara yaktı ve sedirin üzerine oturarak beklemeye başladı. Ayşe henüz gelmemişti.

Ayşe, mutlu ve huzurlu bir şekilde eve geldi. Ahmet'in yanından geliyordu. Tam merdivenleri çıkarken babasının kızgın gözleriyle bakışları kesişti.

"Gel bakalım! Nereden geliyorsun? Ben seni okula göndereyim, sen sağda solda fink at!"

"Okuldan geliyorum baba!"

"Ya! Ya! Okuyup da âlim olacaksın değil mi? Okuldan geliyormuş. Ulan sen kimi kandırıyorsun? Okuldan atılmışsın!"

Ayşe, bugüne kadar böyle dayak yediğini hatırlamıyordu. Babası bir yandan döverken bir yandan da küfürler ediyor, en ağır ve aşağılayıcı sözlerle onu incitiyordu. Ayşe'nin vücudundan ziyade yüreği acıyordu. Ağlıyordu... Hiç durmadan ağlıyordu, yapabileceği başka bir şey yoktu. Ama dayağın da duracağı yoktu. Ayşe'nin kafası karışık, duyguları alt üst olmuş durumdaydı. Sağlıklı düşünemeyecek kadar bunalımdaydı.

Birden dış kapıya doğru koşmaya başladı. Neden öyle yapmıştı, nereye gidecekti? Belki sadece dayaktan, belki kalbini yaralayan, yüreğini incitip kanatan küfür ve aşağılayıcı sözlerden kurtulmak için kaçtı, bilemiyordu. Ama kapıyı açıp sokağa fırlaması ve deli gibi koşması bir anda oldu. Babası da sinirle peşine düşmüş ancak yakalayamamıştı. Eve geri dönmüş ve "O orospu benim kızım değil artık. Ne hâli varsa görsün," diyerek Ayşe'yi evlatlıktan reddetmişti. Ayşe, saçı başı dağınık, entarisinin üstü göğüs kısmından itibaren yırtılmış, perişan bir hâlde sokakta yürüyordu. Kime gideceğini, ne yapacağını bilemiyordu. Hem korkuyor hem ağlıyordu. Birden dudaklarında belli belirsiz bir tebessüm belirdi. Tabii ya! Daha önce niye düşünmemişti ki? Ahmet'e gidecekti!

Akşam ezanı okunuyordu. Dükkânın ışığı hâlâ yanıyordu demek ki Ahmet dükkânı kapatmamıştı. Hızlı adımlarla yaklaştı. Kapıyı açıp içeriye daldı ve Ahmet'in şaşkın bakışları arasında hıçkırarak ağlamaya başladı.

Ahmet, dükkânın ortasına yığılıp kalan Ayşe'ye doğru bir hamle yaparak onu kaldırdı.

"Ayşe! Ne oldu sana? Kim yaptı bunu?"

"Babam… Ahmet abi, evi terk ettim ben. Babam da beni evlatlıktan reddetti. Artık oraya dönemem."

"Sen babana bakma! O, kızgınlıkla öyle demiştir. Bir müddet sonra siniri geçer, sakinleşir, sen de evine gidersin."

"Ahmet abi, sen onu tanımazsın. Bu iş bitti. Sen, bana yardım etmezsen ben buralardan giderim."

Ahmet bir süre düşündü. Kafasını kaşıdı, çenesinden tutup öylece kaldı. Neden sonra;

"Ayşe, seni bizim eve götüreceğim. Gelir misin?" dedi.

Ne demek gelir misin? Ahmet ile bir ömür geçirmek isteyen Ayşe, ona yakın olmanın heyecanını şimdiden yaşıyordu.

"Evet, Ahmet abi. Size götür beni." "Peki, kalk gidiyoruz."

Dükkândaki çeşmede Ayşe'nin elini yüzünü yıkayarak kanını temizleyen Ahmet, Ayşe'nin elinden tuttu ve akşam karanlığında eve doğru yola koyuldular. Ayşe, âşık olduğu ancak bir ad veremediği bu duygusunu şimdi daha iyi anlıyor ve adlandırabiliyordu. Ahmet'in elinin içindeki eli âdeta alev gibi yanıyordu ve heyecandan terlemişti. Ayşe, yediği dayağı çoktan unutmuştu. Nihayet sevdiği adamın yanındaydı.

Ne kadar yürüdüler bilemiyordu. Nihayet tek katlı, derme çatma, taş bir binanın tahtadan yapılma kapısını açarak içeriye girdiler. Dışarıda ayakkabılarını çıkararak kapıyı açan Ahmet yana çekildi ve arkasından kendisine bakan Ayşe'ye başıyla gir işareti yaptı. Ayşe, hiç korku duymadan ve sanki daha önce bu evde yaşıyormuş gibi içeriye süzüldü.

"Ahmet! Sen mi geldin, oğlum?" diye bir ses duyuldu. Yaşlı bir kadın sesiydi bu.

Ayşe, bu kadın da kim, der gibi Ahmet'e baktı. Ahmet, Ayşe'nin tereddüdünü gidermek için yavaş ve sakin bir ses tonuyla:

"Anam!" dedi.

Bu sırada salon olduğu anlaşılan odadan iki küçük çocuk çıkarak Ahmet'e doğru atıldılar:

"Babam gelmiş! Bize ne getirdin baba?"

Ahmet, çocukları kucağına alıp salona geçerken Ayşe'ye takip etmesini işaret etti. Salon büyüktü. Camın önünde büyük bir somya vardı. Somyanın sağ tarafında bir çeyiz sandığı, onun üzerinde üç veya dört döşek, döşeklerin üzerinde de yorgan ve yastıklar vardı ama bunların üzeri büyük bir battaniye ile örtülmüştü. Salonda serili olan kilim eskimiş ve iplikleri çıkmıştı. Duvarda büyük iki resim dikkat çekiyordu. Biri Ahmet'in anam dediği kadına ait gençlik resmiydi. Yanında da bir erkek vardı. Herhâlde babasıydı. Diğer resim Ahmet'e aitti. Elindeki tüfekle çekilmiş fotoğrafında Ahmet direkt Ayşe'nin gözlerine bakıyordu. Somyada oturan yaşlı kadın neredeyse yetmiş yaşında vardı. Eli yüzü buruşmuş, ağzının içindeki takma dişleri, çenesi hareket ettikçe şakırdayarak ses çıkarıyordu.

Ahmet, evlenip ayrıldığını ve iki çocuğunun olduğunu söylememişti. Üstelik annesi ve iki çocuğuyla birlikte yaşıyorlardı. Ayşe, sevdiği adam için her şeye katlanmaya hazırdı. Hiçbir şey umurunda değildi. Ahmet'in yanında olmak ona yetiyordu.

"Kim bu gızan?" diyen yaşlı kadının sesiyle önce kadına sonra da dönüp Ahmet'e baktı. Göz göze geldiler.

"Anama ne diyeyim?" dedi Ahmet. Ayşe omuz silkti:

"Aklından geçeni söyle."

"Ana! Bu Ayşe... Bundan sonra bizimle beraber yaşayacak!"

Yaşlı kadın bir Ahmet'e, bir Ayşe'ye baktı. Umursamıyormuş gibi omuz silkti. Sonra şakırdayan dişlerine aldırmadan sert bir ses tonuyla konuşmaya başladı:

"Yemek yapmasını bilir misin? İşçimen olacaksın. Evi evirip çevireceksin. Hem karılık hem annelik hem gelinlik yapacaksın."

"Yaparım," dedi Ayşe.

"İyi öyleyse. Çocuklar aç. Kocan da açtır. Yemek koy önlerine de karınlarını doyursunlar."

Ahmet, sessizce anasının yanına otururken Ayşe salondan çıkarak karşı odaya geçti. Eve ilk girişte kapısı açık olan odanın mutfak olarak kullanıldığını tahmin etmişti. Dolabı açtı. Birkaç gün önceden kaldığı belli olan fasulyeyi ocağa koydu. Sebzelikten soğan alarak kalın kalın kıymaya başladı.

Sofrayı salona hazırlayan Ayşe, Ahmet, yaşlı anası ve çocuklarla beraber sofraya oturdu. Yemeğini yerken bu evin artık yeni evi olduğunu ve burada yaşayacağını düşündü. Ev bakımsızdı ama olsun. O, buna razıydı. En azından kendi evim diye sahip çıkacağı, başını sokacağı dört duvarı vardı.

Evin başka odası yoktu. İki göz eski yapı bir evdi. Ayşe, ilk gecesini yaşlı ana ve çocuklarla beraber aynı salonda geçirdi.

*

Yaşlı kadın ilk günden huzursuzluk çıkarmaya başlamıştı. Geçimsiz bir kadındı. Ayşe'nin yaptığı hiçbir işi beğenmediği gibi yaptığı yemekleri de beğenmiyor ve sürekli Ahmet'e şikâyet ediyordu. Her ne kadar Ahmet, Ayşe'yi dövmese de içinde gittikçe biriken bir öfke oluşuyordu. Aynı geçimsizlik çocuklar için de geçerliydi. Çocuklar ise annelerinin yerini alan bu kadını asla kabullenemiyordu. Hatta ona anne bile demiyorlardı. Ayşe'nin temizlediği yerleri kasıtlı olarak kirletiyorlar, yaşlı kadından da destek alıyorlardı. Ayşe'nin kendisini kabul ettirebilmesi için yaptığı her şey göze batıyor, beğenilmiyor, itilip kakılıyordu. Ayşe "Acaba yanlış mı yaptım? Baba evinde de itilip kakılıyordum, burada da. Hayatımda ne değişti ki?" diye içinde bulunduğu durumu sorgulamaya başlamıştı. Yaşlı kadın, ağzını açtığı zaman çok kötü sözler söylüyor ve Ayşe'yi incitiyordu. Ayşe'nin gidecek başka bir yeri yoktu. Baba evinden kaçmış, ailesinden görmediği sevgiyi dışarıda arayarak ilk tanıştığı erkeğe âşık olmuş, imam nikâhlı karısı olmayı kabul ederek iki çocuk ve yaşlı bir kadınla köhne bir evde yaşamayı kabul etmişti. Artık gidecek yeri yoktu. Ölecekse de bu evde ölecekti. Bu yaşantıyı kendi istemişti ve yaşadıklarına direnmek zorundaydı. Bu yaşlı kadına ve çocuklara kendini kabul ettirecekti.

Fakat komşuları, Ayşe'yi seviyorlardı. Onu kabul etmişler ve bağırlarına basmışlardı. Bir evlat gibi Ayşe'yi sevip benimsemişlerdi. Ayşe, yardımsever bir insandı. Bu nedenle de komşuları tarafından çok seviliyordu.

Ayşe, yaşlı kadına anne diye hitap ediyor, onun çamaşırlarını yıkıyor, karnını doyuruyor, temiz olması için her şeyi yapıyordu. Bu da komşularının hoşuna gidiyor ve yaşlı kadını eleştiriyorlardı. Ayşe, çocuklara kendi çocukları gibi bakıyor ve öz annelerini aratmıyordu.

Yaşlı kadın da çocuklar da yavaş yavaş Ayşe'ye ısınmışlar ve artık onu kabul etmek zorunda kalmışlardı. Özellikle yaşlı kadın, Ayşe'yi sevmeye ve onu öz anne gibi korumaya başlamıştı. Bu arada Ayşe'nin resmî nikâhı yapıldı. Ayşe'nin ailesi onu evlatlıktan reddettikleri için nikâha gitmediler. Ancak resmî nikâhtan dolayı da memnun olmuşlardı.

Günler ayları bu şekilde kovalarken Ayşe de Ahmet'e yardımcı olmak için dükkâna gidip geliyordu. Ahmet, ona dükkânla ilgili bazı işleri öğretmişti. Özellikle fotoğraf çekme ile ilgili teknik konuları Ayşe'ye öğretmişti. Ahmet dükkânda olmadığı zamanlarda Ayşe fotoğraf çekimi yapabiliyordu. Ayşe, Ahmet'in desteği ile giyimine dikkat etmeye başladı. Çalışan ve üreten bir kadın olarak müşterileriyle iyi ilişkiler kurması, işlerin büyümesi anlamına geliyordu. İşleri o kadar açılmıştı ki artık tek dükkânla işlere yetişemez olmuşlardı. İkinci dükkânı açmaya karar verdiler. İlk olarak fotoğrafçılıkta kullanılan malzemeleri uygun fiyata ikinci elden temin ettiler. Daha sonra da güzel bir dükkân kiraladılar. Artık Ahmet de Ayşe de gece gündüz hiç durmadan çalışıyorlardı. Çok iyi para kazanıyorlardı.

Ayşe, çalışmaya başladıktan sonra psikolojisi düzelmeye başladı. Kendi ailesinde bulamadığı itibarı hem evde buluyor hem de iş çevresinde büyük bir takdir ve iltifatla karşılaşıyordu. Bu onu memnun ediyordu. Kendine olan güveni gelmiş, her konuda cesaretlenmişti. Artık eski pısırık Ayşe değildi; atılgan, cesur, düşünen, konuşan bir kadındı.

Evde her şey yoluna girmişti. Çocuklar, "Ayşe abla" demeye başlamışlardı. Ayşe, çocukların yetişme tarzıyla yakından ilgileniyordu. Çocuklar ayıp, günah kavramlarını öğrenmişler, yapılan iyilik karşısında teşekkür etmeye başlamışlardı. Ayşe, çocukları büyütürken farkında olmadan kendisi de büyümüştü. Genç kızlıktan çıkmış genç ve güzel bir kadın olmuştu. Olgunlaşmıştı Ayşe. Kendisine bakıyordu. Çekici bir kadındı.

Herkes Ayşe'nin etrafında pervane olurken Ayşe'nin tek isteği ise ailesiyle görüşebilmekti. Fakat aile Ayşe ile görüşmeme kararı almıştı. Ayşe, buna çok üzülüyordu. Bazen "Onlar gelmiyorlarsa ben giderim," diye düşünüyor fakat gururu bu düşüncesinin önüne geçiyordu.

*

Yine güzel bir yaz akşamında evde iki büyük takımın şampiyonluk maçını keyifle izleyen Ahmet ve Ayşe yatmak üzere hazırlanırlarken Ahmet'in büyük oğlu Cemal, dışarıda oturmak ve arkadaşlarıyla oynamak için izin istedi. Ayşe, çocuğun bu isteğine karşı çıktıysa da Ahmet'in "Bırak oynasın," demesi üzerine sesini çıkarmamış ve çocuk dışarı çıkmıştı.

Çocuk dışarıya çıktıktan beş dakika ya geçmiş ya geçmemişti ki birden bir silah sesiyle irkildiler. Ahmet ve Ayşe birbirinin gözüne ne oluyor, der gibi baktılar. Sonra aniden koltuktan fırlayıp dışarıya çıktılar. Maçtan sonra galip gelen takımın taraftarları kutlama yapmak için dışarıya çıkmışlar, içlerinden birinin sıktığı tabancanın mermisi Cemal'e isabet ederek onu yaralamıştı. Cemal kanlar içinde hemen kapının eşiğinde yatıyordu.

Çağırdıkları bir taksi ile Cemal'i acil olarak hastaneye yetiştirdiler. Hemen acil serviste ilk muayenesi yapılan Cemal'in sağlık durumu çok ciddi idi. Onları acil servise almamışlardı. Dışarıda beklemek ölümden daha kötüydü. Her an kötü bir haber alacaklarmış düşüncesiyle tedirgindiler. Acil serviste bir saate yakın oyalandılar. Ameliyata alınması gerektiğini söylediler. Bunun için ameliyata girecek doktorlara ve ameliyat ekibine haber verilmiş, ameliyathanenin hazırlanması bekleniyordu. Bu arada Cemal'e serum veriliyordu.

Ahmet ve Ayşe hiç uyumamıştı. Cemal'in yattığı odanın hemen önündeki bir bankta sabahlayan Ahmet ve Ayşe'nin göz altlarında mor halkalar oluşmuş, doğan yeni günün ilk ışıkları bile gerilen yüzlerini yumuşatamamıştı.

Cemal'in ameliyatı başarılı geçmişti ama hâlâ hayati riski geçmemişti. Bundan sonrası Allah'a kalmıştı. Beklemekten başka çare yoktu, bekleyeceklerdi...

Ahmet'in eski eşi hastaneye bir defa gelmiş, geçmiş olsun dileyerek âdeta kaçar gibi çıkıp gitmişti. Ayşe, kadının bu davranışına bir anlam verememişti. Nihayetinde o bir anneydi. Ölümle pençeleşen de onun çocuğuydu. Acıması, içinin yanması, ağlaması gerekiyordu ama kadının yüzünde üzüntüye dair en küçük bir iz yoktu.

Ahmet ve Ayşe her gün hastane ev arası gidip geliyorlardı. Dükkânların ikisi de kapalıydı. Açmak akıllarına bile gelmedi. Bu yüzden zaman içerisinde maddi olarak zayıfladıklarının, durumlarının her geçen gün kötüleştiğinin farkına varamadılar. Alacaklılar gidip geliyor, dükkân kapalı olduğu için borçlar ödenemiyordu.

Hastane ev arası koşuşturma, Cemal'in yoğun bakımdan ha çıktı ha çıkacak beklentisi ve şüpheyle geçen bir ayın sonunda maddi olarak oldukça yıpranmışlardı ancak Cemal kurtulamamıştı. Cemal'in ölümü onlara ayrı bir yıkım oldu. Yığınla hüzün keder geldi. Ayşe, kendi çocuğu ölmüş kadar üzüldü. Ağladı, içi yandı... Ve yas tuttu.

*

Cemal'in ölümü aileyi derinden sarsmıştı. Ancak bu durum kısa sürdü. Komşuların da desteğiyle kendilerini toparladılar ve dükkânlarını açarak işlerinin başına döndüler. Kısa süre sonra yeniden eskisi gibi güçlendiler. Borçlarını ödeyerek yine kazançlı bir şekilde ticaretlerine devam ettiler.

Ayşe, kaynanasına da alışmıştı. Ona anne diye hitap ediyor, yaşlı kadın da onu kızı gibi seviyordu. Yaşlı kadın her seferinde Ayşe'nin ilk geldiği zamanlarda yaptığı davranışlarından dolayı üzülüyor ve Ayşe'den sürekli özür dileyerek kendisini affetmesini istiyordu. Kaynana iyice yaşlanmış, yaşlılığa bağlı felç geçirerek yatağından kalkamaz olmuştu. Evin üzerine kara bulut gibi çöken bu ikinci keder dağını aşmak ve eşine destek olmak, Ayşe'nin en başta gelen görevi oldu. Ayşe, kaynanasına öyle baktı ve onun sağlığıyla öyle yakından ilgilendi ki herkes hayret etti. Fakat kaynana çok yaşlıydı. Çok geçmeden öldü.

Önce ağabeyin zamansız ölümü, hemen ardından babaannenin ölümü Ahmet'in küçük oğlu Selim'i olumsuz etkilemişti. Çocuğun psikolojisi bozulmuş, buhrana girmişti. Yemesi, içmesi, uykusu düzensizleşmişti. Çok uzun zaman geçmedi ve babaannenin ölümünden bir ay sonra da küçük Selim öldü. Ahmet ve

Ayşe koca evde baş başa kalmışlardı.

Ahmet ile Ayşe peş peşe gelen bu felaketler karşısında acılara direndiler. Birbirlerine destek oldular. Kendilerini işlerine vererek bu acıları unutmaya çalıştılar. Ayşe, yaşanan tüm bu sıkıntılar nedeniyle sağlığının bozulduğunu düşünüyordu. Bunu düşünmesinin nedeni ise sık sık yaşadığı mide bulantılarıydı. Ahmet, en kısa sürede doktora gitmesi için Ayşe'yi sıkıştırıyordu. Bir gün Ahmet'in çok sıkıştırmasıyla çantasını aldığı gibi hastanenin yolunu tuttu. İdrar tahlilinden sonra Ayşe'yi çok şaşırtan, aynı zamanda yaşadığı olumsuz acıları unutmasına ve sevinmesine neden olan bir haber aldı. Hayatında aldığı en güzel haberdi bu. Ayşe hamileydi! Bu müjdeyi Ahmet'e yetiştiren Ayşe, onun sevinçten ağladığına şahit oldu. Ahmet, peş peşe çok sevdiği üç varlığı kaybetmiş, onların acılarını yüreğine gömmüştü. Ama yeni gelen bu haber tüm acıları unutturmuştu. Allah sevdiği üç insanı elinden almıştı ama üçünün yerine yeni bir varlığı dünyalarına katıyordu.

Gün geçtikçe Ayşe'nin karnı büyüdü. Doktor, kız olacağı müjdesini vermişti ama artık çalışmaması ve evinde istirahat etmesi gerektiğini de söylemişti. Çünkü düşük tehlikesi vardı. Ahmet, orta yaşlarda bir bakıcı kadın tutmuş, Ayşe'nin yemeğinin hazırlanması, evin temizliğinin yapılması için gereken her şey yapılmış ve planlanmıştı.

Aileye yeni birisinin katılmasına çok mutlu olmuşlardı. Tüm acılarını unutmuşlardı. İkisinin de gözlerinden sevinç ve mutluluk gözyaşları akıyordu.

Ayşe, bir yandan kızını büyütmeye çalışırken bir yandan da derslere çalışarak dışarıdan sınavlara girmiş, liseyi bitirerek diploma almış ve bir müddet sonra da girdiği sınavları kazanarak devlet dairesinde memur olarak işe başlamıştı.

Ayşe, çektiği onca sıkıntı ve buhran sonucunda sağlığını kaybetmeye başlamıştı. Psikolojik olarak gün geçtikçe ilerleyen yalnızlık duygusu ve kendisini seven kimsenin olmadığı düşüncesi ruh sağlığını olumsuz etkiliyordu. Ahmet bunun farkında değildi. Ancak Ayşe, Ahmet'e karşı davranış ve sözlerinde zaman zaman kırıcı olduğunu fark ediyor, Ahmet ise bunun geçici olduğunu düşünüyordu. Ayşe, bir sabah gizlice doktora gitti.

Teskin edici ilaçlar verilmişti, bunları günde iki defa almak zorundaydı. Ahmet'e fark ettirmeden ilaçları alıyordu.

İşyerinde yaşadığı küçük birkaç tartışmanın arkasından Ayşe'nin görev yeri değiştirilmiş, hem maddi olarak olarak hem de konum itibariyle daha iyi bir göreve getirilmişti. Bu arada Ahmet fotoğrafçılık yapmaya devam ediyordu. Ayşe devlette işe başladıktan sonra dükkânın birini satmışlardı. Maddi olarak hiçbir sıkıntıları olmadığı gibi günden güne daha iyi duruma geliyorlardı. Buna rağmen Ahmet eskisi gibi çalışamıyordu. Ayşe, Ahmet'in eksik günlerini hesaplatıp parayı yatırarak emekli olmasını sağladı.

Ayşe, ilaçlar sayesinde yavaş yavaş düzelmeye başladı. Ancak bunda ailesinin etkisi çok daha fazla oldu. Annesi, babası ve kardeşleriyle arası düzelmiş, ailesi evlerine gelip gitmeye başlamıştı. Şüphesiz buna en çok sevinen Ayşe'nin kendisiydi. Barışma olayı onun sağlığının düzelmesini de sağladı.

Kısa bir süre sonra Ayşe, ikinci çocuğuna hamile

olduğunu öğrendi. Bir oğlandı. İkinci çocuğu da dünyaya geldikten sonra dükkânı kapattılar. Ayşe çalışıyor, Ahmet, evde oğlana bakıyordu.

Ayşe emekli oldu. Kocası Ahmet ile oğlunu büyütmeye çalışıyor. Kızı öğretmen oldu ve görevine başladı. Hayatta başarılı olmanın mutluluğunu yaşıyor.

Ahmet, karısı Ayşe ile... Çalışmıyor ama mutlu bir şekilde kalan ömrünü sürdürüyor.

KADINLARIMIZ

Hayata gelişi olay yaratan,

Mahalle baskısıyla büyüyen

Her şeye rağmen yılmayan Kadınlarımız...

Emekleri çoktur ama görülmez,

Fedakârlıkları çoktur ama duyulmaz,

Hayattaki en büyük koruyucumuz,

Kadınlarımız...

Kendi hayatını yaşamaz,

Evine ailesine kendini adayan kadınlarımız

Çocukları sıkılmasın üzülmesin

Diye kendi üzülen kadınlarımız

DOĞU'DA YAŞAM

Doğu denince akla ilk gelen kış olur. Çünkü Doğu'da kış çetin geçer. Yollar kapanır, aman vermez. Bu bölgede hastalanmak ayrı bir çiledir. Kış mevsimi yaklaşırken insanların en çok düşündükleri şey hastalıktır. Çünkü hastaneye gitmek tam bir ölümdür. Bu bölgede kış şartları çetin ve zor olduğu için ayrıca dağlık bölge olması nedeniyle insanlar genellikle hayvancılık yaparak geçimlerini sağlar.

Köy evleri iki katlı olur ama kentlerdeki bildiğimiz evler gibi değildir. Altı ahır, üstü ise oturmak için kullanılan yapılardır. Hayvanların seslerini, tepişmelerini sabaha kadar dinleyebilirsiniz. Bit, pire gibi asalaklar çok rahat bir şekilde evlere girerler.

Doğu'da bu evlerden birinde yaşayan güzel bir kız vardı. Henüz on yaşındaydı. Yer yer yamalıklı entarisi topuklarına kadar uzanırdı. Entarisinin altında basmadan dikilmiş, yamalıklı, rengârenk, uzun bir don, onun altında biri ayağına üç numara büyük, diğeri ise bir numara küçük siyah bir lastik ayakkabı... Herkes ona Fatma derdi. Adının anlamını bilmiyordu ama herkesten ziyade anne ve babasının ona Fatma demesi nedeniyle ismini de sevmiyordu. Çünkü anne ve babasını sevmiyor, onlardan nefret ediyordu. Hayata sevgiyle bakması gereken kara gözleri nefretle, bazen isyan ve sinirle bakıyordu! Anne ve babasından hiç sevgi görmemiş, onlardan güzel söz işitmemişti. Aile bağları çok zayıf bir ailenin çocuğu olmak zordu. Bu şekilde büyüyen bir çocuk elbette hiçbir canlıya karşı sevgi besleyemez, sevgiyle bakamazdı. Fatma, o çocuklardan biriydi. Annesini, babasını ve kardeşlerini sevmiyordu. Çünkü onun minik yüreğine sevgi tohumu ekilmemişti.

Fatma, sabah erkenden kalkardı. Genellikle sabah ezanıyla birlikte ayakta olurdu. Yedi çocuklu bir ailenin küçük kızıydı. Sabah ne bulursa onu yerdi. Beslenmesi sağlıksızdı ve bu durum anne babasının umurunda değildi.

Sabah erkenden tarlaya, bağa, bahçeye gider, çapa, sulama gibi tarla işlerini bitirdikten sonra hayvanları alır, yaymaya götürürdü. Evde yemek yapar, bulaşık yıkar, kardeşlerine iyi bakardı. Genellikle erkek kardeşlerinin yapacağı işleri yapardı.

Fatma'yı okutmamışlardı. Babası, eski kafalı olduğu için "Kız çocuğu okumaz, okuyup da ne yapacak? Otursun evinde anasına yardım etsin. Hayırlı bir kısmet çıkarsa satarık," diyerek onun cahil kalmasına neden olmuştu. Fatma okuma yazma bilmiyordu. Okuryazar bir insan gördüğü zaman imrenir, onların yerinde olmak isterdi.

Fatma, sürekli dayak ve baskı ile büyümüştü. Çocukluğunu yaşayamamış, okul hayatı görmemişti. Kara cahil bir küçük kızdı. Onun kaderini babası çizmişti. "Okula gitmeyeceksin, çobanlık yapacaksın," demiş ve böylikle Fatma, köyün küçük kız çobanı olmuştu. Ailesinin geçimine çobanlık yaparak katkıda bulunmak zorunda bırakılmıştı. Ailesine göre kız çocuğunun yaşaması için tek bir neden vardı; evlenene kadar çobanlık yaparak aileye yardımcı olmak, kocaya gittikten sonra da evine ve kocasına kadınlık yapmak!

Fatma'nın anne ve babası da okuma yazma bilmiyorlardı. Toplum içinde konuşamazlar, meramlarını anlatamazlardı. Cahil insanlardı. Hâlbuki Fatma, anne ve babası gibi yaşamak istememişti ve bunun için okumayı çok arzulamıştı.

Babası çok asabi bir insandı. Hoş, annesinin de babasından aşağı kalır yanı yoktu ya! Ahırdaki eşek anırsa bu eşek niye anırıyor, diye babasından dayak yerdi. Bir gün babası dişi ağrıdığı için ağlayan Fatma'yı öyle fena dövdü ki âdeta diş ağrısını unutturacak kadar dayak yedi. Gaddar, acımasız, yüreğinde sevgi ve merhamet duygusu bulunmayan bir insandı babası.

Koyunları, keçileri otlatırken kayalardan atlamayı, koşmayı çok severdi. Bu nedenle bacağı, kolu birkaç defa kırılmıştı. Doktora götürmemişlerdi. Köyde kırık çıkık işlerinden anlayan da olmadığı için zavallı Fatma acılar içinde kıvranır ve kırığının ya da çıkığının iyileşmesini beklerdi. Yanlış kaynama nedeniyle kolu ve bacağı sakat kalmıştı.

Ailesi ile aynı evi paylaşmıyorlar, aynı evde yaşamıyorlardı sanki. Yaşama amaçları yemekten ibaretti! Evlerinde genellikle bir kuru ekmek, peynir olurdu.

Sabahları ya da akşamları kim kaparsa o yer, evde karınlarını doyurmak için çaba harcarlardı. Yemek faslı âdeta boğuşmayı andırıyordu. Yemekten sonra Fatma bir köşeye çekilir ve entarisini çıkartmadan kıvrılır, uyurdu. Evde çorba içildiği çok nadirdi.

Her hafta sonu köyün kadınları toplanır, köyün hemen altından geçen dereye giderek çamaşır yıkarlardı. Bu iş köyde âdet hâline gelmişti. Evlenecek genç kızların elbiseleri de bu derede yıkanırdı. Ateşler yakılır, büyük kazanlar ateşin üzerine konarak çamaşırlar kaynatılır ve büyük bir taşın üstünde tokaçlanarak yıkanırdı. Fatma'nın belki de hayatında sevdiği ve zevk alarak yaptığı tek şey çamaşır yıkama günleriydi.

Ailenin temizlik konusunda hassasiyeti yoktu. Çocukların üstünün başının yıkanıp temizlenmesi annenin pek umurunda olmazdı. Baba da aynı şekildeydi. Bu nedenle elbiseleri kokardı. Evlerine misafir pek gelmezdi. Yıkanmayı bayramdan bayrama görürlerdi demek abartı olmaz. Özellikle Fatma bayramları çok severdi. Annesinin giydirmeyip sandıkta sakladığı temiz ve yeni giysilerini ancak o zaman giyebilirdi.

Ablasını on bir yaşında kocaya verdiler. Diğerleri küçük; kimi beşikte, kimi eşikte... Ablasının kocası kendisinden en az kırk yaş büyük, yaşlı bir adamdı. Durmadan sigara içer ve leş gibi kokardı. Pis bir adamdı. Ablası onun üçüncü karısıydı. Babası, evden biri eksilirse daha az harcama yaparım, ekmek, su kalır, diye düşünmüştü. Böyle bir babanın evladı olmak Fatma için gerçekten acı vericiydi.

Yaşlı adamdan yüklüce başlık parası almışlardı. Babasının o anki hâlini hiç unutamıyordu. Para destesini günlerce saymış, kimseye güvenmediği için de gündüz üstünde taşımış, gece yastığının altına gizlemişti.

Bir kış günü babası amansız bir hastalığa yakalandı. Yollar kapalıydı. Dışarıda beş metreye yakın kar vardı. Çok soğuktu. Bu soğukta, üstelik yollar kapalıyken dışarı çıkmaya kimse cesaret edemiyordu. Fatma, yolların kapalı olmasına sevinmiş hatta babası ölsün diye dua etmişti. Bir hafta sonra babası öldü. Fatma hiç üzülmedi hatta çok sevindi. Babası öldükten sonra köyün delikanlıları Fatma'ya kur yapmaya başladılar. Fatma henüz on üç yaşındaydı. Kimseye yüz vermedi. Delikanlılar tarafından rahatsız edilmeye başlayınca ve üstelik bunun dozu kaçınca olanları annesine anlatan Fatma, onun bir çözüm bulmasını bekledi. Anne kestirme yoldan çözümü hemen buldu! Durumu kardeşine anlatan annesi, Fatma karşı çıkmasına rağmen, onu kardeşinin oğluyla nişanlandı. Kısa süre sonra da evlendirdiler. Fatma, ağabey diye hitap ettiği dayı oğluyla zoraki evlilikte mutlu olamamıştı. Çünkü kocasıyla arasında yirmi yaş fark vardı. Ve üstelik kocası cahil, pis kokan bir insandı.

Fatma, on dört yaşına geldiğinde bir erkek çocuğu doğurdu. Olup bitenleri anlamadan çocukluğunu, genç kızlığını yaşayamadan anne olmuştu. Kocası kasabadaki inşaatlarda çalışıyordu. Daimi bir işi yoktu; iş bulduğu zaman çalışıyor, bulamadığı zaman da evde oturuyordu. Kasabaya taşınarak bir barakaya yerleştiler. Tek odası olan, çatısı yarı açık bir barakaydı. Akşam olduğunda yıldızlar görünüyordu. Fatma, yattığı yerden yıldızları seyrederken zevk alıyordu. Burada köydeki zorlu yaşantısı yoktu ama açlığı devam ediyordu.

Kocası bazen "İşe gidiyorum," diyerek evden çıkıyor, günlerce gelmediği oluyordu. Komşular Fatma'nın hâline acıyarak yiyecek ve giysi yardımı yapıyorlardı. Açlık ve yokluk içinde yıllar geçti. Ailesinin kendisine yaptıklarından dolayı onlarla görüşmüyordu. Eşi, her gece eve sarhoş geliyor, gereksiz yere kavga ediyor, Fatma'yı fena dövüyordu. Anne ve babasından yana dayak konusunda şanssız olan Fatma, kocadan yana da aynı çileyi çeker olmuştu. Kocası kumar oynuyordu. Bu sırada Fatma, ikinci çocuğuna hamileydi ancak Fatma'nın hamile olması dayak yemesine engel olmuyordu. Çocuğunu sevgisiz, kavga ve gürültünün yaşandığı bir evde doğurmak istemediği gibi çocuklarını bu adamla birlikte büyütmek istemiyordu.

Fatma, ikinci çocuğunun kız olmasını çok istiyordu. Bunun için dua ettiği bile oluyordu. Dua ederken "Çocuğum kız olursa onu tüm haklara sahip, özgür bir insan olarak yetiştireceğim," diyordu. Kız çocuğu olarak horlanması, itilip kakılması ve evlenirken onun fikrinin alınmaması zoruna gitmişti. Tüm insanlara kırılmıştı, gücenmişti. Evlendikten sonra da kocasından gördüğü eziyet, onun insan yerine konmaması belki ikinci çocuğunun kız olmasını istemesinde etkili oluyordu. Kendi çektiği acıları kızına yaşatmayacak, onu okutacaktı.

Hastanede normal doğum yapıp taburcu olduktan sonra kucağında küçük kızıyla yaya olarak evin yolunu tutarken kocası yanında yoktu yine. Yalnız başına sancılarıyla evine geldi. Doktorun yazdığı ağrı kesici ve kan yapıcı ilaçları parası olmadığı için alamamıştı.

Kocakarı yöntemi ilaçlarla ağrısını gidermeye kanının artması için domates, pekmez yemeye başladı. Pekmezi sulandırarak küçük kızına da içiriyordu, mahalleden yaşlı bir kadın söylemişti bunu, "İyi gelir," demişti. Mahalleden birkaç komşu süt ve yiyecek bir şeyler getirmişlerdi. Küçük kızı sevmişler, "Geçmiş olsun," diyerek gitmişlerdi. Küçük kız sarışındı. Çok güzel bir kız olacağı bebekliğinin güzelliğinden belliydi. Annesini de üzmüyordu; sessiz, sakin bir bebekti. Durmadan gülüyordu.

Evde yiyecek bir şey yoktu. Fatma, en çok buna üzülüyordu; çocuklarını yokluk içinde büyütmek zorunda olmak... Doğumun üzerinden on gün geçmişti ki kocası eve geldi. Fatma'ya "Geçmiş olsun, nasılsın?" demeyi bile çok gördü âdeta. Küçük kızına şöyle bir baktı. Kucağına alıp sevmeyi bile çok gördü. Sonra geldiği gibi çıkıp gitti. Fatma, küçük kızını kucağına aldı, onu öptü, bağrına bastı. Kızının saf ve masum gülümsemesi yetiyordu ona.

Zaman su gibi akıp gidiyordu. Fatma, korkularıyla birlikte çocuklarını büyütmeye çalışıyordu. Küçük Şermin iki yaşına basmıştı. Kırmızı yanakları, sarı saçları ve güler yüzüyle güzel bir kız olmuştu. Baba ise kötü alışkanlıklarını daha da artırmış, eve ayda bir gelmeye başlamıştı. Geldiği zaman da sarhoş ve pislik içinde gelir, kavga ederek çocukları ve Fatma'yı hırpalar, küfrederek iyice huzuru kaçırırdı. Eskisinden daha kötü bir hâle gelmişti. Ev ise aynı durumdaydı. Hiç yiyecek içecek kalmamıştı. Evde her gün kuru soğan, kuru ekmek yeniyordu. Fatma, kızı ve oğluyla yokluk içinde yaşayarak ayakta kalmaya çalışıyordu. Fatma'nın hayata tutunduğu yer, bir uçurum kenarındaki ince bir bitkinin kökü gibiydi!

Fatma, yaşadıklarına sabrediyordu. Çocuklarını doyurabilmek, onların üstünü başını alabilmek için apartmanlarda temizliği gitmeye başladı. Hem merdiven temizliyor hem de evlere temizliğe gidiyordu. İlk zamanlar zorlansa da daha sonra alıştı. İyi para kazanmaya başlamıştı. Çocuklarının karnını doyurabildiği gibi onlara güzel oyuncaklar ve çeşit çeşit sebze meyve alabiliyordu. Fatma yedi yıldır yaşadığı barakadan ayrılmış, kendisine bir apartmanın giriş katında, küçük ama güzel bir daire kiralamıştı. Durumun gittikçe düzeldiğini ve Fatma'nın para kazandığını gören kocası ise hiç işe gitmiyor, sabahtan akşama kadar evde oturuyor ve Fatma'nın kazandığı parayı zorla ve döverek elinden alarak kumar oynamaya gidiyordu.

Bir gün yorgun hâlde eve gelen Fatma, eşinin kumar arkadaşlarını kapıda beklerken buldu. Merak ve endişeyle sordu:

"Hayır mı? Ne bekliyorsunuz kapının önünde?"

Adamlardan biri kekeledi. Önce arkadaşlarının gözüne şöyle bir baktı, sonra Fatma'ya dönerek;

"Başınız sağ olsun yenge! Abimiz Hakk'ın rahmetine kavuştu!" dedi.

Fatma'nın yüzünde şaşkınlık belirtisi yoktu. Adamlar da bu hâle şaşırdı. Fatma;

"Nasıl öldü? diye sordu.

"Şey, yenge... Bıçaklandı. Kumar oynarken..."

"Camide namaz kılarken geberecek değil ya! Defolun şimdi buradan. Bir daha da yüzünüzü görmeyeyim. Benim öyle bir kocam yok. Belediye kaldırsın leşini!"

Kapının önündeki adamları yararak aralarından geçti. Kapıyı açtı, kızgın ve rahatlamış olarak kapıyı adamların yüzüne çarptı. Başındaki eşarbı açıp halının üzerine attı. Duvara yaslandı. Gözlerini yumdu ve derin bir oh çekti. Rahatlamanın, bundan sonra hayatının ve çocuklarının geleceğinin çok daha iyi ve güzel olacağı anlamına gelen bir ifadenin işaretiydi bu.

HASTALIK HASTASI

Mahmut amca doğma büyüme İstanbulluydu. Türkçesi çok düzgündü. Konuşurken herkes onun Türkçesine hayran kalırdı. O, tam bir beyefendi idi. Tanımayanlar için Mahmut Bey, tanıyanlar için sevimli mi sevimli Mahmut amca…

Eşi Gülay nine Karadenizliydi. Beyaz teni, tipik Karadenizli burnu, dudakları ve büyük ağzıyla onu ilk gören Karadenizli olduğunu hemen anlardı. Ama bir gözleri vardı ki herkes gözlerine hayrandı. Zaten Mahmut amca da onun güzel gözlerine vurulmuştu ilk önce.

Aylarca peşinden koşmuş… Karadenizli kadınları Nuh dedi mi peygamber dedirtmek zordur! Namuslarına son derece düşkün olurlar, tek söz ettirmezler bu konuda. Mahmut amca da onun hoşuna gidermiş gizliden gizliye ama ona güvenemediği ve adım çıkar, rezil olurum düşüncesiyle önce uzun süre peşinden koşturmuş sonra araya eş dost, akraba falan girip işin ciddiyeti anlaşılınca "Peki," deyip Mahmut amcayı kabul etmiş. İkisi de birbirine pek yakışırlar, birbirlerini pek severlerdi. Mahmut amca, Gülay teyzeye "Mavişim" diye seslenirdi.

Onların hayatında güzel ve manalı geçen yıllar herkese örnek olmuştur. Bu güzelliğe nazar mı değdi bilinmez, Gülay teyze hastalandı. Aşırı derecede titiz bir kadındı zaten. Mahmut amcanın götürmediği hastane, götürmediği doktor kalmadı. Hepsi de onun hastalık hastası olduğunu söylemişlerdi. Yanılıp da "Nasılsınız Gülay teyze?" diye sormaya görün, başlardı "Başımdan başlayan, kollarıma inen ve dalaklarımı saran ağrılarım var. Ayaklarımın üstüne basamıyorum," demeye... Bu şikâyetler insanı bunaltırdı.

Bir fabrikada güvenlik görevlisi olarak çalışan Mahmut amca, emekliliği dolmasına rağmen sırf karısının bu şikâyetleri yüzünden emekli olmuyordu. Sorana "Kafamı dinliyorum," diyordu.

Bir kızlarını evlendirmişler, yurt dışında üniversite tahsili yapan oğulları Ali ise okul biter bitmez Türkiye'ye dönerek bir işe başlamıştı. Ancak Gülay teyze, Ali'nin aldığı maaşa kafayı takıyor, "Maaşın az, orada çalışma," diyerek hem Mahmut amcaya hem de Ali'ye ve komşulara şikâyette bulunuyordu. Gülay teyzenin bu durumundan herkes bunalmıştı. Kimse yanına varmak istemiyor, herkes ondan kaçıyordu. Hastalık hastası olması bir yana yaşlılığın da verdiği etkiyle huysuz olmuştu. Sonunda Ali'nin çalıştığı iş yerinden az maaş veriyorlar diyerek ayrılmasına neden oldu. Ali, birkaç yere daha iş başvurusu yaptıysa da aynı maaş önerilince bir daha hiçbir iş başvurusu yapmadı, annesiyle beraber oturmaya başladı. Günde iki paket sigara içiyordu. Sigara dumanından ve kokusundan odasına girebilene aşk olsun!

Aradan yıllar geçti. Gülay teyzenin şikâyetleri ve serzenişleri azalmamış, aksine artmıştı. Ali'ye "Bir işe giremedin. Allah senin gibi evlada..." diye beddualar ediyordu. Yaşıtları emekli olduğu hâlde Ali hiç çalışmamıştı. Ancak Ali, annesinin bu kızgınlığına bir anlam veremiyordu. Onun çalışmasını annesi engellemişti. Ama karşısındaki anaydı. Ne dese güler yüz gösterip onu incitmemesi gerekiyordu. Annesi ne söylese o gülüyordu.

Bir sabah kahvaltıya kalkmadı Gülay teyze. Ali, merak ve endişe ile annesinin odasına koştu. Zavallı kadıncağız konuşamıyor, Ali'nin söylediklerini anlamıyordu. Kendi kendine bir şeyler söylemeye çalışıyor ancak cümle kuramıyor ve ne söyleyeceğini unutuyordu. Bilinç kaybı vardı, bilinci gidip geliyordu.

Ali, babasına haber verdikten sonra annesini hemen hastaneye kaldırdı. Saatler süren tetkik ve incelemenin ardından beyin felci teşhisi kondu. Yaşlı olduğu için iyileşmesi neredeyse imkânsız gibiydi. Doktorlar eve götürmelerini ve ilaçlarını zamanında vererek ölene kadar bu şekilde bakmalarını tavsiye ettiler. En azından ölene kadar rahat bir şekilde yaşamasını sağlayabilirlerdi. Yapacak bir şey yoktu. Eve götürüp bir bakıcı kadın tuttular. Ancak Gülay teyze hem altına kaçırıyor, hem yemekte zorlanıyor, hem konuşamıyordu. Bakımı oldukça zordu. Diğer yaşlı hastaların bakımları gibi de değildi, kendisi de ayrıca zorluk çıkarıyordu. Çocuk gibi bakım istiyordu. Altına yaptığı zaman temizlenmesi gerekiyordu. Çünkü sürekli yattığı için altının ve eşyaların temizliği ve havalandırılması onun sağlığı için son derece önemliydi. Ancak gelen bakıcıların hiçbiri üç günden fazla dayanamamış ve bırakıp kaçmışlardı. Gülay teyzeye bakacak başka kadın bulamadıkları için bakımı tamamen Ali'nin üzerine kalmıştı. Ali, annesinin yemeğini yediriyor, temizliğini yapıyor, elbiselerini yıkıyor, her şeyi yapıyordu. Ali bekârdı. Hiç evlenmemişti. Daha doğrusu Gülay teyzenin aksiliği yüzünden hiçbir kadın, kızını Ali'ye vermek istemediği gibi kızlar da Ali'yi istememişti. Ali'nin kız kardeşi hem çalışıyor hem de iki çocuğunu büyütmeye çalışıyordu. Bu nedenle annesine ancak haftada bir sefer gelebiliyordu. Ali, çok zor şartlar altında annesine bakmasına rağmen ona kızmıyor, dövmüyor, sövmüyor, onun sağlığı için her şeyi yapıyordu.

İlaç tedavisi başlamıştı. İlaç tedavisinin amacı fizik tedaviye hazırlıktı. Hastanın katılaşan ve sertleşen eklemlerini yumuşatmak için kullanılan ilaçlar, fizik tedaviye hazırlık aşaması niteliğindeydi.

Gülay teyze, hastaneye gidemediği için doktorlar eve geliyorlar, gerekli kontrol ve muayene yapıldıktan sonra Ali'ye talimatları verip gidiyorlardı. Bu arada Gülay teyzenin fizik tedavisi için ev neredeyse hastane odası hâline getirilmişti. Odasına yürüme demirleri yapıldı. Ali, her gün birkaç defa doktorların önerdiği şekilde annesini kaldırıyor ve yürütüyordu. Dördüncü senenin sonunu doğru Gülay teyze yavaş yavaş adım atmaya başlamıştı. Şüphesiz buna en çok sevinen Ali'ydi.

İlk zamanlar ziyaretine gelenleri tanımayan Gülay teyze, sonraki zamanlarda yavaş yavaş bazı isimleri ve nesneleri hatırlamaya başlamıştı. Son zamanlarda babası ile ilgili anılarını hatırlamıştı. Sürekli olarak babasını anlatıyor, onun ölmediğini, gelip kendisini ziyaret edeceğini ve birlikte gezeceklerini söylüyordu. Buna rağmen doktorlar, bu gelişmeleri iyiye yorumluyorlardı. Çünkü Gülay teyze çok yaşlıydı. Genç olsa tedaviye tepkileri daha farklı olacaktı. Yavaş yavaş yatağında oturmaya ve yemeğini yemeye başlamıştı. Bunlar iyi ve sevindirici gelişmelerdi.

Bir gün kendi kendine yavaş yavaş yürümeye başladı. Buna herkes çok sevindi tabii. Gülay teyze gözyaşları içinde Ali'nin ellerini avuçları arasına alarak ıslak dudaklarını Ali'nin elleri üzerine kondurdu. "Oğlum!" dedi. "Ben, seni işinden çıkarttım. Hâlbuki aldığın paraya bakmayıp devam etseydin çok güzel yerlere gelebilirdin. Evlenip çoluk çocuğa karışabilirdin. Benim huysuzluğum yüzünden evlenemedin."

Ali, ellerini annesinin elinden çekerek çenesinden tutup kaldırdı. Yanaklarına birer öpücük kondurdu:

"Sonuç ne olursa olsun. Sen beni doğuran insansın, benim anamsın. Bende hakkın var. Bu yüzden yanlış da olsa senin isteklerini yerine getirmem gerekiyordu."

"Hayır, ben kendimi affetmiyorum. Hastalandım. Huysuzluğumu kimse çekemedi yine sen yanımda oldun. Beni sen iyileştirdin oğlum. Beddua ettiğim sen, bana büyük bir insanlık dersi verdin. Bu da Allah'ın bir mucizesi!"

ENGELLİ KADININ BAŞARISI

Sıcak bir yaz günü...

Denizden gelen nemli esinti, havayı daha da bunaltıyor. Özellikle yaşlılar ve astım hastaları bu havada çok zorlanıyor. Bırakın dışarı çıkmayı, evde bile zor nefes alabiliyorlar.

Böyle bunaltıcı bir hava olmaz.

İstanbul'un hemen her semtinde insanlar bulabildikleri yeşil ve serin alanlara kendilerini atmışlar, hem piknik yapıyorlar hem serinliyorlar. Çocuklar, Belediyelerin yapmış olduğu havuzlu ışıklandırmalarda tehlikeye aldırış etmeden serinlemeye çalışıyorlar.

Güzel ve çekici bir hanım olan Gülçin henüz yirmi beş yaşındaydı. İstanbul'un diğer insanlarından bir farkı yoktu; İstanbul'un lüks olmayan yaşantısıyla Anadolu kültürünü yaşatmaya çalışan, yemesiyle içmesiyle, giyimiyle tipik bir Anadolu insanı. Ama kent ile Anadolu arasında sıkışmış bir kadın...

Gülçin çok güzel bir kadındı. Çok isteyeni olmasına rağmen evlenmemekte ısrarlıydı. Bekârdı. Böyle güneşli havaları çok severdi. Güneşli havalarda evden çıkarak dolaşırdı.

Bugün de hava güneşliydi. Tam Gülçin'in sevdiği hava vardı. Bu güzel havada evde oturarak zaman geçirmesi düşünülemezdi. Hemen evden çıktı. İstanbul'un kalabalığına karışarak dolaşmaya başladı.

Gülçin, vitrinlerin önünde saatlerce durarak boş boş bakmayı sevmeyen bir insandı. Bunun yerine insanların arasına karışır; insanların yürümelerini, konuşmalarını, birbiriyle şakalarını, yemelerini içmelerini vb. davranışlarını gözlemleyerek insanları tanımaya çalışırdı.

İnsan trafiği bazen onu yoruyor olsa da hayatın içinde yer alan, diğer insanlarla birlikte yaşayan, onlarla birlikte nefes alıp veren sade bir birey olmaktan da hoşlanmıyor değildi. Evet, hayatın içinde yer almak güzel bir duyguydu. Sağlıklı bir birey olarak insanlara gülen, yardımlaşan, merhamet eden ve sevgisini gösteren bir fert olarak bu hayatın içinde onun da bir yerinin olması çok anlamlıydı ve o, bu hayatı yaşamaktan çok mutlu oluyordu.

Gülçin, hayatı seven bir insan olarak dışarıya her çıkışında mutlaka insanlarla sohbet eder, bazen onların ikramlarını geri çevirmeyerek kabul eder, onların sevinçlerine, kederlerine, üzüntülerine ortak olurdu. Böyle güzel havalarda dışarıya çıkarak gezmek olağan bir şey olmuştu Gülçin için.

Tanıştığı, konuştuğu insanların ayrı ayrı yaşam hikâyeleri vardı. Her hikâye birbirinden farklı olsa da hemen her insanın, özellikle Anadolu'dan kalkıp gelen insanların hikâyeleri genelde aynıydı.

Gülçin, "Her insanın bir hikâyesi vardır, derler ama bana göre yaşananlar hep aynı. Tek değişen zaman..." diye düşünüyordu.

Gülçin, değişen zamanda aynı kaderi paylaşarak yaşayan insan kalabalığının arasında ilerlerken orta yaşlarda olduğunu tahmin ettiği bir kadın dikkatini çekti. Orta boylarda, saçlarını arkadan toplamış, kumral ve zayıf bir kadın yoğun kalabalık arasında dikkatini çekmişti ama onun asıl dikkatini çeken şey bir bacağının tahtadan oluşuydu! Kadın, tek kolunu bacak değneğine dayamış, elindeki kâğıt mendili satmaya çalışıyordu.

İstanbul gibi metropol bir şehirde sağlıklı olmuşsun ya da olmamışsın kimsenin umurunda değildi. İnsanlar, çeşitli ruh hâllerinde bu zavallı kadının önünden gelip geçerlerken dikkat etmiyorlardı bile. Umurlarında değildi. Kadın, oturduğu yerden gelip geçen insanların yüzlerine, hatta manalı ve derin bakışlarla ta gözlerinin içine bakıyor ama değişen zamanda bu hikâyeyi gören ve yaşayan bu insanların dikkatini çekmeyi başaramıyor. Kalabalığa sesini duyurabilmek için haykırıyordu. Sesi cılız ve ürkekti... Yüksele yüksele uğultu hâline dönüşen bu ses yoğunluğu arasında kendi sesini duyurabilmesi imkânsızdı.

"Mendil Vaaaaaarrr"

Gülçin, değişen zamanda bu insanlarla bu hikâyeleri çok yaşamıştı! Ama yine de bu şehrin insanların yüreğini tortu hâline çeviren kirliliği ve pası karşısında insan kalabilmeyi başarmıştı. Nemlenen gözlerini silerken, "Hepimiz bir engelli adayı değil miyiz?" diye mırıldandı. Hayatta neyin garantisi vardı ki?

Yolun karşısındaki boş bir banka oturdu. Karşıdan engelli kadını izlemeye başladı. Bir yandan da düşünüyordu, Türkiye gibi bir ülkede kadın olmanın zorluğunu düşünüyordu. Ama hayır, aslında tüm İslam ülkelerinde kadın olmak zordu. Kadını horlayan din adamları, kadını aşağılayan kocalar, kayınvalideler... Tarlada, bağda, bahçede çalışan, evde anne ve eş olarak hizmet eden kadının çalışan insanlar gibi sabah 8.00'de başlayıp akşam 17.00'de biten sekiz saatlik bir mesaisi yoktu. Kadın resmen köle gibi kullanılıyordu. Devlet, kadın haklarını görmezden geliyor, kadının haklarını koruyacak yasalar çıkarılmış olsa da hâlâ yetersiz olduğunu düşünüyordu. Üstelik kadın engelli olunca...

İslam dünyasında kadın gülemez! Kadın dişiliğini kocasına gösterecek, çocuk doğuracak, ev işleriyle uğraşacak, tarlada ve bahçede çalışacak. Kadına gülmek yasak! Kadın ağlamak, itilmek ve kakılmak için yaratılmış! Ama bu kadın, bilinen bu gerçekleri ters yüz edercesine, kendini âlim sıfatıyla adlandırıp kadınların aşağılanmasına neden olan din adamlarının, maçoların, insan kılığına bürünmüş erkeklerin yüzüne tükürürcesine ve onların kafasına o tahta bacağıyla vururcasına gülümsüyordu. Evet, yüzünde hayatın derin acıları olmasına rağmen yüzü gülüyordu. Bu şartlar altında bile yüzünün gülmesi Türk kadınının ne kadar güçlü olduğunu göstermeye yetiyordu. Yüzündeki tebessüm, onun gücüne güç katıyordu.

Gülçin, yüzü gülen insanların daha samimi ve içten olduklarını düşünürken, yüzü gülmeyen ve asık suratlı insanların ise tehlikeli olduklarını düşünür ve onlardan ürkerdi.

Oturduğu yerde ne kadar zaman geçti bilmiyordu. Daha fazla dayanamadı ve onunla tanışmak ve sohbet etmek için yolun karşısına geçmek üzere hareketlendi.

Yanına vardığında bir süre daha kadını tepeden izledi. Kendi hâlinde cılız sesiyle "Mendil vaaarrr!" diye bağırışını izledi. Sonra eğilerek:

"İyi günler!" dedi.

Kadının yüzüne yayılan tebessüm gözlerine yansıdı. Gençliğinde güzel bir kadın olmalıydı, diye düşündü Gülçin. Samimi ve içten tebessümüyle aynı şekilde karşılık verdi;

"İyi günler!"

Gülçin, ayaküstü de olsa onunla sohbet etmek ve eksilen bir parçasına rağmen yüzündeki yaşama sevincinin nedenini ve hikâyesini öğrenmek istiyordu. Ama açıkçası çekiniyordu. Bunu açıkça sorsa kadının incinmesinden çekiniyordu. Ona nasıl yaklaşacağını, onu konuşturacağını da bilemiyordu.

Kadının, Gülçin'e bakan gözlerinde bir kırgınlık belirtisi vardı ama ne yüzünde ne gözlerinde hayata küsen bir insanın ruh hâli yoktu. Gülçin'e tebessüm eden yüzünde güven veren bir ifade vardı ve sanki Gülçin'in ne düşündüğünü anlamış gibi manalı bakışlara sahipti.

"Zamanınız var mı?" dedi Gülçin'e.

Gülçin, bu soruya şaşırmış olmakla birlikte sevinçle atıldı;

"Evet." "İsmim Elif."

"Benim ismim de Gülçin."

"Ne güzel gözlerin var, ne kadar güzelsin!

Allah bahtını da güzel eylesin!"

"Âmin. Teşekkür ederim Elif teyze.

Affedersiniz, size teyze diyebilir miyim?"

"Tabii. Sakıncası yok."

Kadın, içi mendil dolu kutuyu boşaltarak ters çevirdi ve Gülçin'e oturması için verdi. Gülçin, kutuyu yanına koyup kadının yanına bağdaş kurarak oturdu. Kadını da şaşırtan canlı ve yüksek ses tonuyla "Mendil vaaarrr!" diye bağırmaya başladı. Kadının ilk şaşkınlığı geçtikten sonra eliyle Gülçin'in dizine dokundu:

"İlahi!" dedi. "Ben de konuşacak, dertleşecek biri olsa diyordum."

Gülçin tebessüm ederek:

"Çağırdınız geldim," dedi. "Sen Hızır mısın yoksa?"

Birlikte gülüştüler. Kadının o an yüzüne yayılan

gülümseme insanın içini ısıtıyordu. Gülçin'e o duyguyu vermişti.

Hayatta her şey para değildir. İnsanın insana muhtaç olduğu anlar vardır; o anların gününü, saatini kimse bilemez. Böyle bir ana denk gelen tesadüfleri kimse umursamaz, düşünmez. Gülçin, böyle bir ana denk gelmişti. Kim bilir, engelli bu kadından öğreneceği çok şey vardı belki. Hayat dersini hiçbir okul vermiyordu. Bu kadın, Gülçin'in yaşamında hiç tecrübe edinmediği, belki hiç duymadığı, bilmediği, belki umursamayarak geçtiği şeyleri öğretecekti!

Ona bakarken asıl özrün sahip olduklarının değerini bilememek olduğunu düşündü. Nedense insanların fiziki sakatlıkları hemen dikkatimizi çeker. Mesela topallayan bir bacağı asla gözden kaçırmayız ancak topallayan yürekleri asla fark etmeyiz!

Kadın, elindeki selpak mendili öteki mendillerin üzerine bırakarak Gülçin'in yüzüne baktı. Bakışlarında bir anlam vardı. İnsanın gözünün içine bakarken ister istemez insanı bir titreme alıyor, düşündürüyordu. Kadın tebessüm etti. Belki bu tebessümünde çok manalar gizliydi ama Gülçin bunun farkına varmadı.

"Bir soru sormak istiyorum," dedi kadın. "Bir kör, sağır ya da tekerlekli sandalyeye mahkûm bir engelli gördüğünüzde içinizden geçen ilk duygu nedir?"

Gülçin, bu soru karşısında önce şaşırdı.

Sonra kendisini toparlayarak kekeledi:

"Acırız... İçin için vah vah çeker, zavallı gibisinden mırıldanırız. Hâlbuki bizden beklenen "acıma" değil, "anlama." Fakat kendini anlamayan başkasını nasıl anlasın?"

Kadın;

"Hayatta güzellikler de var... Mesela güller açıyor, çocuklar gülümsüyor, yıldızlar göz kırpıyor, yağmur yağıyor, güneş doğuyor. Ancak bu güzellikleri fark edebilmek için görebilmek lazım. Bazen kendi kendime, "Herkes senede bir iki gün görme ve işitme duygularından mahrum kalsa ne olur?" diye sorarım. O zaman insanlar sahip oldukları şeylere daha çok değer verirlerdi herhâlde. Duymazlarsa, belki o sessizlikte, seslerin insana verdiği zevki daha iyi takdir edebilirler."

"Şayet görmüyorsak bir anlamda görme engelli sayılmaz mıyız?"

"Yazın ayrı, kışın ayrı öter kuşlar. Ama her sabah kuş orkestrasının âhenkli ritmiyle uyanmak sadece duymayı bilenlere mahsus bir imtiyazdır. Yazık ki çoğumuz kuşları duymuyoruz."

"Bir anlamda işitme engelli sayılmaz mıyız?"

"Sevmekten korkuyoruz. Sevsek bile bunu saklıyoruz."

"Evet, buna katılıyorum. Annemiz, babamız, eşimiz ve çocuklarımız onları ne kadar sevdiğimizi bilmiyorlar çünkü sevgimizi söylemeyi zaaf sayıyoruz. Sevdiklerimizin hemen şımaracağını, değişeceğini düşünüyoruz. Bir anlamda sevgi engelli sayılmaz mıyız?"

"Sevdiklerimizin gönlünü alacak güzel sözler söylemiyoruz. Nasıl olsa yanındayım, anlar düşüncesiyle sevdiğimizi söylemiyoruz."

"Aynı zamanda konuşma engelliyiz."

"Elimizdeki güzelliklerle zenginlikleri fark edemediğimiz için mutluluğu uzaklarda arıyoruz. Hâlbuki mutluluk çok yakınımızdadır."

"Ve zekâ engelliyiz!"

"Sevgilerimizle birlikte kızgınlıklarımızı, küskünlüklerimizi de saklıyor, duygularımızı salt kendi içimizde yaşıyoruz. Bunu izah için de 'Kol kırılır yen içinde kalır' diyoruz."

"Bir anlamda cesaret engelli sayılırız."

"Farklı inanan, farklı düşünen, farklı giyinen, farklı yaşayan insanları kabullenemiyor, sosyal hayattan dışlamaya kalkıyoruz."

"Bu da toplumun saygı engelli olduğunu gösterir."

Kadın, derin bir iç çekti.

"Elindekilerin değerini bilmeyenler de özürlüdür." Gözü, önündeki mendillere takıldı. Bir müddet öylece kaldı. Sonra Gülçin'in duyabileceği kadar alçak bir ses tonuyla konuşmasına devam etti.

"16 yaşımda iken annemle babamı trafik kazasında kaybettim. Benim için çok ağır bir olaydı. Uzun süre kendime gelemedim. Bu olayı kaldıramadım. Ailemin tek kızıydım. Her istediğim anında olurdu. Şımarık büyümüştüm. Karşımdaki insanların duygularını anlamayan, saygı göstermeyen bencil birisiydim. O zamanlar üniversitede öğrenciydim, para kazanmıyordum, öyle hayata tutunacak kadar çok param da yoktu. Fakat işte o talihsiz kaza yaşandı. Üniversiteyi bitirmiş olmama rağmen çalışmak istemedim.

Aşk belirleyici bir unsurdu hayatımda. Önder'e âşık oldum ve sadece onunla evlenmek istedim. Aradığım her şeyi onda bulmuştum. Bir buçuk ayda evlenme kararı aldık.

Beklemenin bir anlamı yoktu ve evlendik. Kişilik, karakter, saygı vs. bunlar aklıma gelmiyordu bile. Hatta hiç düşünmüyordum.

Aradan geçen zamanda ekonomik şartlar ve kişiliğimizin farklığı yüzünden sık sık kavga etmeye başladık. Kavgalar gitgide o kadar şiddetlenmişti ki konu komşu da evde olup bitenlerden haberdar olmaya başladı. Bazen eşim beni döverdi ama kimseye söylemezdim. Bu arada üç çocuğumuz olmuştu."

Gülçin, merak ve heyecanla dinliyordu. Kadın, kaldığı yerden konuşmasına devam etti.

"Eşimin eve geldiği pek söylenemezdi. Aç yatıp aç kalkıyorduk." Kadın sustu. Gözlerinden yanaklarına doğru akan gözyaşlarını elinin tersiyle sildi ve konuşmasına devam etti. "Yaşadıklarım çok ağır geliyordu. Kafam karışık bir hâldeyken iş aramak için zor bulduğum para ile trene bindim. Nasıl olduğunu anlamadan trende çıkan kavganın ortasında kendimi buldum. Kavganın büyümesiyle yumruklaşmalar başladı; itişmeler, kakışmalar... Trende bir kargaşa meydana gelmişti. Bu kargaşa sırasında trenden düştüm. Rayların üzerine düşmüştüm. Ayaklarımda korkunç bir acı hissettim. Beni en yakın hastanenin acil servisine kaldırdılar. Ayaklarımı hissetmiyordum. Uzun ve riskli bir ameliyat sonrasında doktorların bana bir şey söylemek istedikleri hâlde söyleyemediklerini hissettim. Tedavime yardımcı olan doktor, hemşire, ne kadar sağlık personeli varsa gözlerini âdeta benden kaçırıyorlardı. Bunun nedenini anlamaya çalışıyordum. Bu sırada bir bacağımı hissetmediğimi anladım ve gayriihtiyari korku ve ürperti içinde elimi bacağıma götürdüm. Bir bacağım yoktu! Bir anda dünya başıma yıkılmıştı. Bütün gücümle haykırmışım. Aslında bu haykırış sadece bacağımı kaybetmemle ilgili değildi. Genç yaşımda başıma gelen olaylar nedeniyle yaşadığım korkunç hayata isyan ediyordum. Nereden bilsinler? Doktorlar beni zor yatıştırdı. Aradan geçen zamanda doktorların da yardımıyla yeni yaşantıma alıştım. Bedenim bir uzvunu kaybetmiş olmasına rağmen beni reddetmiyor ve hâlâ taşımaya devam ediyordu. Bedenim beni seviyordu, ben niye onu sevmeyeyim ki?

Hastanede kaldığım sürede birkaç defa ziyaretime gelen eşim, bana karşı hep soğuk davranıyordu. Onda bir değişiklik vardı. Bunu ilk zamanlar anlamamıştım ama daha sonra anladım tabii. Hastanede yatarken bu hâlimle yaşamaya alışmam gerektiğini anlamıştım. Hayata bir bacakla sarılacaktım. Beni nereye kadar götürür bilemiyordum ama dört elle hayata sarılmam gerektiğini biliyordum. Çocuklarım için bunu yapmalıydım. Daha hastane koğuşunda iken kendimi geliştirmeye başlamıştım. Bir gün elime bir evrak verdiler.

Merakla açtım; eşim boşanma davası açmıştı. Bu acımasız ve rezil hayatta bir tokat da eşimden yemiştim! Güya bir bacağımın olmayışı onu etkilemiş. Buna dayanamazmış, bu nedenle boşanma davası açmış. Bahane buydu. Rezil herif!

Bir gün taburcu oldum tabii. Çocuklarımı görecek olmanın verdiği heyecanla evime gittim. Ev boştu, ne eşim ne çocuklarım vardı! Eşim, küçük bir not bırakmış. Notta şöyle yazıyordu: "Özürlü bir kadınla bir ömür yaşayamam. Çocuklarım da seni böyle görmesinler."

Kadın, gözyaşlarına hâkim olamıyordu. Gülçin, nemlenen gözlerini kadından kaçırırken "Her sevenin, sevdiğine ışık olması gerekir," diye mırıldandı. Sonra kadına döndü;

"O günden sonra eşinizi ve çocuklarınızı hiç görmediniz mi?"

"Görmek istedim ama çocuklarımı göstermediler. Kimsesizim. Param yok. Dava açamadım. Zaten açsam da bu hâlimle ve maddi imkânsızlıklarımla çocuklarımı alabilir miyim? Bir avukat dava açmamın yersiz olacağını söyledi. Bunun üzerine kaderime küstüm."

"Yine de şansınızı denemeliydiniz."

"Şansım mı var ki deneyeyim? Böyle yaşamaya alışmaya çalıştım. Hayatımda eşim de çocuklarım da yoktu artık. Yıkılmıştım ama merhametsiz insanlara ve bu hayata inat, pes etmeden yaşamaya karar verdim."

"Peki, sonra ne yaptınız?"

"Tek bacakla ne yapacağıma karar vermeye çalışırken gördüğün gibi mendil satmaya karar verdim. Kendimi yavaş yavaş toparlıyorum."

"Peki, ya çocuklar?"

"Ha! Söylemeyi unuttum. Allah kulları gibi merhametsiz değil. O güçsüz, çaresiz ve kimsesizlere kol kanat geren, onları koruyan en büyük Vasi! Bir gün karşıma bir avukat çıkardı." Durdu, biraz düşündükten sonra devam etti. "Yok kız, ne avukatı, hâkim! Adama mendil satarken nasıl olduysa kısaca derdimi anlattım. Bana demez mi 'Yarın gel, davanı açalım. Çocuklarını alırsın.' Nasıl şaşırdım, nasıl sevindim, anlatamam. Dünyalar benim oldu. Dediğini yaptım; davayı açtım ve çocuklarımı alarak onlarla birlikte yaşamaya başladım."

"Bak, buna çok sevindim. Nihayet hayatın düzene girmeye başlamış. Sıkıntıyı veren Allah insana zamanı geldiğinde gün yüzü de gösteriyor!"

"Evet, öyle. Rabbime şükürler olsun. Yeniden bir düzen kurdum. Çocuklarımla mutlu ve huzurlu bir hayatım var. Bu hayatı Allah'ın izni ve yardımıyla yendim, hem de bu tek bacakla..."

Gülçin, kadının anlattıkları karşısında çok duygulanmıştı. Evet, hiçbir okuldan öğrenemeyeceği bir hayat dersi almıştı. Kim bilir, belki bir gün ona da lazım olabilirdi!

Gülçin, ayağa kalkarken;

"Elif teyze sizi çok sevdim. Yolum düştükçe uğramak ve sizinle sohbet etmek istiyorum," dedi.

Kadın, oturduğu yerden;

"Her zaman... İstediğin zaman gel, ben buradayım. Ben de seni çok sevdim kızım. Allah'a emanet ol!"

"Mutlaka geleceğim. Şimdilik hoşça kal." Kadının yanından ayrılırken azmin zaferini düşündü. Ve tabii bir eş ve bir anne olmanın ne kadar kutsal ve meşakkatli bir iş olduğunu...

ALIŞVERİŞ HASTALIĞI

Canan sarışın, manalı bakan yeşil gözleriyle oldukça güzel bir kızdı. Bir yetmiş boyunda, saçları omzuna kadar inen, yürürken mankenlere taş çıkartan servi boyuyla görenleri büyüleyen bir kızdı.

Canan yüksek tahsil yapmış olmasına rağmen anne ve babasının sözünden çıkmayan, kendi iradesiyle karar alamayan bir kızdı. Okul hayatı bittikten sonra hiç çalışmadı. Bekârdı ve zaman zaman arkadaşları gezmek için çağırırlar, çok para harcarlardı. Canan da çalışmadığı hâlde para harcama konusunda âdeta arkadaşlarıyla yarış ediyordu.

Babası, Canan çalışmadığı için harçlıksız bırakmıyor ve arkadaşlarının içinde mahcup olmasın diye onu parasız bırakmıyordu. Canan yan gelip yatıyordu. Aslında ailesi ona kötülük yapıyordu. Onu tembelliğe ve harcamaya alıştırıyorlardı.

Canan çalışmadığı için sıkılıyor ama ailesine de çalışmak istediğini söylemiyordu. Nasıl olsa parasız kalmıyordu. Çalışsa kazanacağından fazlasını babası veriyordu. Dolayısıyla asalak gibi yaşamak daha çok işine geliyordu. Ancak gün geçtikçe ruhi yapısının bozulduğunun farkına varamıyordu.

Canan, hiç gerekmediği hâlde alışveriş yapmaya çıkar ancak ailesi buna bir şey demezdi. Yaşadığı şehrin hemen bütün pazarlarını gezer, bilirdi. Yeni gördüğü veya ucuz olan şeyleri sırf ucuz diye satır alırdı.

Akraba, eş, dost, tanıdık sayesinde tavsiye ile görücü usulü evlenen Canan, evlendikten sonra da sırf alışveriş merakı yüzünden eşiyle zaman zaman tartışıyor, bazen çok şiddetli kavgalar yapıyordu. Eşinden mutfak alışverişi için para alıp pazara ya da alışveriş merkezlerine giden Canan, gereksiz şeyler alıyor, asıl alması gereken şeyleri almayarak hem ev içinde ciddi sıkıntılar yaşanmasına hem de kavgaya neden oluyordu. Alışveriş merakı yüzünden çarşıya pazara çıktığı zaman asıl alması gereken ihtiyaçlarını unutuyordu.

Canan, alışveriş merakını o kadar abarttı ki bir gün fıkra gibi bir olay yaşanmasına neden oldu. Mutfak ihtiyacı olarak kahvaltılık ve sebze meyve gibi şeyler almak üzere eşinden bir miktar para alarak alışverişe çıkan Canan, otomobil lastiklerinin mevsimlik indirim dolayısıyla ucuzladığını gördü. İki tane lastik alarak eve geldi. Eşi Kerem Bey akşam eve geldiğinde salonun ortasında iki tane yeni otomobil lastiği görünce şaşırdı.

"Canan, bu lastikler de nedir?" diye merakla sordu.

Canan, büyük bir iş yapmış gibi keyifle cevap verdi;

"Hayatım, otomobil lastiklerine mevsimlik indirim yapılmış. Çok ucuzlamış. Ben de fırsatı kaçırmadım ve iki tane aldım."

Kerem Bey'in sinirden ve kızgınlıktan kulakları kızarmıştı. Sesi titriyordu.

"Yahu kadın! Bizim arabamız mı var? Sen salak mısın? Benim verdiğim parayı ihtiyacımız olmayan şeylere veriyorsun. Evde yemek yok, kahvaltılık yok."

Canan hatasını anlamıyor, "Ne yapsam yaranamıyorum," diye düşünüyordu. Onun alışveriş hastalığı yüzünden neredeyse boşanma aşamasına gelmişlerdi. Fakat eş dost aracılığıyla Canan'ın bir doktora muayene olmasının daha uygun olacağına karar verildi. İkna edilerek bir psikiyatra götürüldü.

Kerem Bey, karısı Canan ile yazıhanede beklerken pek çok insanın tedavi amacıyla gelip gittiğini hayretle gördü. Kendisi de endüstri sektöründe faaliyet gösteren bir şirket sahibi olan Kerem Bey, sanayileşme ile sanki insanların daha fazla hastalandığını düşünmeye başladı. Sıra kendilerine geldiğinde doktorun odasına girdiler. Doktor genç bir insandı. Çenesinin üstündeki küçük sakalı, bıyıkları henüz terlemeye başlamış gibi belli belirsiz bıyığı, kulak memelerinden neredeyse çenesine kadar inen favorileri dikkat çekiyordu. Uzun ve yer yer beyazlamaya başlamış saçları, kalın burun kemeri, ince dudakları ve küçük kulakları ile ilgi uyandıran, çirkin kral denebilecek yapıda bir insandı.

"Buyurun şöyle lütfen. Evet, sizi dinliyorum. Şikâyetiniz nedir?" dedi doktor.

Kerem Bey;

"Eşim Canan," diyerek eşini doktora tanıttı ve konuşmasına devam etti. "Bizim hikâyemiz, daha doğrusu büyük tartışmalara neden olan sıkıntımız, eşimin alışveriş tutkusu... Bu nedenle buradayız."

"Anlıyorum," diyen doktor, Canan'a döndü;

"Peki, Canan Hanım alışverişe çıktığınızda ne yapıyorsunuz?"

"Sanki tüm alışveriş merkezini alacakmışım gibi geziyorum. Her şeyin fiyatını takip ediyorum. Evime gerekli olmayan hatta acil olmayan ancak fiyatı ucuz diye ne bulursam alıyorum."

"Bu sadece sizin probleminiz değil. Endüstrileşme ile bu problemin hızla arttığını gözlemliyoruz. Evet, buna da alışveriş hastalığı denildi. Alışveriş, insanda duygusal tatmin yarattığı için bu duygunun önüne geçilemiyor. Bir şey satın almak, insanda kendini iyi hissetme ve bir şey elde etmenin verdiği güçlü olma duygusunu uyandırıyor."

Canan, utangaç bir ses tonuyla;

"Doktor Bey, alışveriş yapıp eve geldikten sonra mesela bir ayakkabı almışsam gardırobumu açıp bakıyorum. Aldığım ayakkabı hiçbir elbisemle uyumlu değil. Niye aldım, diye bazen düşündüğüm oluyor ama çok önemsemiyorum. Nasıl olsa başka bir şekilde giyerim diye geçiştiriyorum," dedi.

"Buna çağımızın hastalığı diyoruz. İnsanlar, borç

içinde olmasına rağmen alışveriş bağımlılığı yüzünden yeni borç yapmaktan çekinmiyor. Stres, aile ilişkilerindeki sorunlar, kendini önemsiz ve değersiz hissetme, dikkat çekme isteği, güçlü olma ve istediğini elde etmek dürtüsü gibi nedenler bu sorunun başlıca kaynağıdır. İnsanın kendisini yeni ve farklı şeylerle mutlu etme isteği onu alışverişe itiyor. Her insanın kendini güçsüz ve depresif hissettiğinde bunu dışa vurma şekli farklı olabiliyor. Alışveriş bu dışa vurumun farklı bir şeklidir. Kendini güçsüz ve depresif hisseden kişilerin kimisi spor yapar, kimisi daha çok yemek yer, daha çok uyur... Bu dışa vurumların en zararlısı şüphesiz alışveriş yapma hastalığıdır. Bu hastalık birçok aileyi yok etmiş, intiharlara neden olmuştur."

"Doktor Bey, çarşıya çıktığım ya da bir alışveriş merkezine girdiğim zaman param var mı, yok mu; ihtiyacım var mı, diye hiç düşünmüyorum. Yeter ki göreyim, beğenmem yeterli. Her şeyi satın almak istiyorum. Satın almadığım zaman buhrana giriyorum. Kendimi o kadar kötü ve değersiz hissediyorum ki! Aynı zamanda da alışveriş yaparak paramı gereksiz yere harcadığım için suçluluk duygusu içinde kendimi yiyorum. Sözün kısası alışveriş krizini yenemiyorum. Durmadan satın almak güdüsü duyuyorum."

"Biraz önce bahsettiğim nedenler... Çaresiz bir hastalık değil, tedavisi var. Kısa sürede bu hastalıktan kurtulabilirsiniz."

Kerem Bey ile Canan aynı anda sevinç çığlığı attılar.

"Gerçekten mi? Bu bizim için çok güzel bir haber."

"Tabii ki mümkün. Terapi uygulayacağız ama bunu üç seans olarak yapacağız. Fazlasını gereksiz görüyorum. Şimdi size önerilerim şu: Eğer çalışmıyorsanız hemen bir işe başlayın. Çarşıya çıkarken kredi kartlarınızı yanınıza almayın. Kişisel hobilerinizi ortaya çıkarın. Örneğin resim yapabilirsiniz, müzik dinleyebilirsiniz, öykü, roman yazabilirsiniz. Bunlarla ilgili becerileriniz varsa bunların kurslarına yazılın. Dostlarınızı, arkadaşlarınızı, akrabalarınızı ziyaret edin. Çocuğunuzla vakit geçirin. Kısaca hayatın farklı döngülerini keşfedin. Bunlar yaşamınızdaki monotonluğu atmanıza yardımcı olacaktır. Hayatınıza enerji gelecek, yaşam döngüleriniz ilginç ve aktif bir hâle gelecek. Bunlar içinde ayrıca kendini ve yaşamı keşfetme kurslarına katılabilirsiniz. Yemek kursuna katılabilirsiniz, hem mesleki olarak kendinizi bu alanda geliştirebilir hem de hobi olarak yapabilirsiniz."

Kerem Bey;

"Doktor Bey, çok teşekkür ediyorum. Hayatımız çekilmez bir hâl almıştı. Bu hastalığın tedavi edilebileceğini öğrenmemiz bizi çok sevindirdi. Ayrıca tavsiyeleriniz yapılabilecek şeyler."

Canan;

"Evet, eşime katılıyorum. Genç kızken annem ve babam tarafından çalışmaya ve üretmeye teşvik edilmedim. Harçlığımı vererek beni sürekli tüketmeye özendirdiler. Ailemin durumu iyi olduğu için harcama konusunda âdeta arkadaşlarımla yarışıyordum. Ama evlendikten sonra bunun yanlış olduğunu gördüm ve anladım. Fakat buna rağmen içimdeki harcama dürtüsünü yenemiyordum." Kerem'e döndü. "Şimdiye kadar hiç düşünmedik ama şirkette niye birlikte çalışmayalım?"

Kerem;

"Evet, olabilir." Doktor;

"Bence ikinizin aynı yerde çalışması çok daha faydalı olacaktır. Kerem Bey'in sizi kontrol ve gözetim altında tutması kısa zamanda sonuç verecektir. Hem böylece birlikte hobilerinizi keşfedebilir, birbirinizi yeniden keşfederek aşk yaşayabilirsiniz. Bu da hayatınızda büyük değişiklik yaratacaktır."

Kerem;

"Neden olmasın? Bu çok ilginç! Evet, bu fikri beğendim."

Canan;

"Hangi fikri canım?"

Kerem;

"Birlikte hobilerimizi keşfedip yeniden aşk yaşama fikri... Bunca yıldan sonra ikimizle ilgili gözümüzden kaçan şeyler olabilir. Belki birbirimizi yeniden keşfederiz. Evet, ben bu fikre katılıyorum. Hayatımıza yeni bir heyecan katacağından eminim." Sonra Doktor'a döndü. "Doktor Bey, size çok teşekkür ederim. İş yoğunluğu nedeniyle bundan sonraki görüşmelere belki ben gelemem ama eşim gelecektir. Ayrıca tavsiyelerinize çok teşekkür ederim. Uygulayacağımızdan emin olabilirsiniz."

Canan;

"Evet doktor bey, gerçekten tavsiyeleriniz bizim için çok önemli. Bunları uygulayacağız. Ayrıca terapileri kaçırmayacağım. Alışveriş hastalığı yüzünden eşimle yeniden birbirimizi tanıma ve aşk yaşama imkânı yakalıyoruz. Bu, hayatımızın renklenmesinde, yaşamımızın mutlu ve huzurlu bir şekilde sürmesinde bizim için önemli. Size teşekkür ederim."

Doktor;

"Rica ederim, bu benim görevim. İnsanları sağlığına kavuşturmak, onları mutlu etmek bizim görevimiz. Biz de bu şekilde mutlu oluyoruz."

"Doktor Bey, biz izin isteyelim," dedi Kerem Bey. Canan ile birlikte ayağa kalktılar. Doktora yeniden teşekkür ettikten sonra iyi günler dileyerek yazıhaneden çıktılar.

Canan, eşi Kerem'in yanında bu hastalıktan kurtuldu. Yıllardır devam eden evliliklerinde birbirlerinin gözünden kaçan, kendilerini tanımalarını sağlayacak bazı özelliklerini yeniden keşfettiler. Birbirlerine yeniden âşık oldular.

Terapiler sonuç verdi. Hastalıktan eser kalmadı. Canan, sosyal becerilerle ilgili tüm kurslara katıldı. Yemek yapmayı öğrendi. Kendisinin de bilmediği resim yapma yeteneğini ortaya çıkardı. Yaptığı yağlı boya tablolarla ilk resim sergisini açtı. Hatta serginin gelirini kimsesiz çocukların eğitimine bağışladı ve sosyal derneklerde görev alarak kendisinin önemli bir insan olduğunu hissetti. Bu duyguyla toplumda yardımlaşma ve dayanışmanın önemini kavradı. İnsanlara telkinde bulunarak onlara yol gösterici oldu.

Canan, paranın nasıl kazanıldığını yaşayarak öğrendiği için daha tutumlu olmaya, savurganlık yapmamaya gayret ederek Kerem'in gurur duyduğu bir kadın, bir eş olmayı başardı.

AŞKI ARAYAN KIZ

İzmir'in kızları güzel olur, derler.

İlknur, İzmir kadar güzel bir kızdı, ne de olsa İzmirliydi. İzmir doğumlu, hayat dolu, sevecen, güzel ve bakımlı bir kızdı. Onu yolda yürürken gören döner, bir daha bakar hatta öyle şaşırır ki yürürken gider bir direğe çarpar. O, Ege'nin denizi kadar güzel, onun kadar hoyrat ve dalgalıydı. Hayatı hep hafife almıştı. İnsanlara değer verirdi ama ucuz insanlardan da nefret ederdi. "Nokta kadar menfaat için virgül kadar eğilen" insanlardan oldum olası korkar, çekinir ve onlardan nefret ederdi. Onları bir türlü sevememişti.

Yüksekokulu okumak üzere İstanbul'a gelmişti. Ticaret ve Turizm Yüksekokulu'nu kazanmış ve ailesiyle İstanbul'a taşınmıştı. Ailesi derken babası yoktu, daha küçükken annesiyle babası ayrılmışlardı. İstanbul'a annesi ve kendisinden üç yaş büyük ağabeyi ile gelmişti. Maddi durumları iyi değildi. Aslında güngörmüş bir aile idi. Zamanında zenginliği yaşamışlardı. Fakat baba gidince sıkıntıya düştüler. Ağabey liseyi zor bitirdi. Ama İlknur'un yüksekokulu okuması onları sevince boğdu. Ne pahasına olursa olsun onu okutacaklardı. Bu nedenle İzmir'den ayrılırken çok üzülmelerine rağmen hiç tereddütsüz İstanbul'a geldiler. İlknur, gece gündüz demeden ders çalıştı. Çok çalışkan bir öğrenciydi. Öğrenim hayatı başarılı geçmişti.

İlknur, annesi ve babası o çok küçükken ayrıldıkları için sıcak aile ortamına hasretti. Annesi yetmiş yaşlarında vardı. Eli yüzü temiz, nur gibi bir kadındı. Abdestinde namazında, kimsenin işiyle ilgilenmeyen bir kadındı, varsa yoksa çocuklarıydı. Hayatını iki çocuğuna adamıştı. Çocukları için hiç evlenmemiş, gelen teklifleri hep geri çevirmişti.

Ağabeyi Recep, babasına benziyordu, annesi öyle söylerdi. Recep babayiğit bir delikanlı olduğu kadar mütevazı, az ama öz konuşan, haksızlığa tahammülü olmayan, gerektiğinde hemen müdahale eden, esmer, iriyarı bir delikanlıydı.

İzmir, aşk ve romantizm şehridir. Şüphesiz buranın kızları da İzmir'e özgü duygusallığı damarlarında taşırlar. İlknur, İzmir'in insan ruhunu sarhoş eden ve heyecanlandıran o duygusallığını taşıyordu damarında. Şüphesiz onun kalbi aşk için çarpıyordu. Her genç kız gibi hayalleri vardı. Görücü usulüne karşıydı. Âşık olacak, büyük aşk yaşadıktan sonra evlenecekti. Çocukları olacak, küçük bir adada iki, en fazla üç çocuğu ve sevgilisiyle birlikte bir ömür yaşayacaktı.

Kiraladıkları evin yakınında banliyö tren istasyonu vardı. Hem ucuz hem de ulaşımı kolay olsun diye özellikle tercih etmişlerdi. Okuluna trenle gidiyordu. Okula yakın bir durakta iniyor, okuldan çıktıktan sonra da sağda solda gezmeden direkt evine dönüyordu. Annesi yaşlı olduğu için bazı hastalıkları vardı. Bu nedenle annesini yalnız bırakmak istemiyordu. Tren yolculuklarının birinde Ömer adında genç bir delikanlı ile karşılaştı. İlknur'a bakışları genç kızı etkilemişti. Ömer bir gün cesaretini toplayarak İlknur'a yaklaşmış ve kibar, biraz da çekingen bir şekilde "Merhaba!" demişti. İlknur, önce yüz vermedi. "Merhaba!" deyip geçiştirdi. Kim olduğunu bilmiyordu ve çekiniyordu. Ancak Ömer, İlknur'un peşini bırakmaya niyetli değildi. İlknur ne zaman trene binse onunla karşılaşıyor, yürürken sokakta göz göze geliyorlardı. Böyle günlerden birinde "Lütfen peşimi bırakın. Beni rahatsız ediyorsunuz," diyerek Ömer'i tersledi.

"Çok özür dilerim. Amacım sizi rahatsız etmek değil," diye kekeleyerek cevap verdi Ömer. "Yanlış anlamazsanız benimle bir çay içer misiniz?"

"Ama sizi tanımıyorum bile. Sizinle oturup çay içmem doğru olmaz."

"Çok haklısınız. İsmim Ömer. Sizinle tanışmak istiyorum. Lütfen izin verin size bir bardak çay ikram edeyim. Böylece tanışmış oluruz."

İlknur, Anadolu'dan İstanbul'a gelen ve hemen tuzağa düşen saf kızlardan değildi. Görmüş geçirmiş, neyin ne olduğunu bilen, aklı başında bir insandı. Ömer'i göz ucuyla süzdükten sonra "Peki," diyerek teklifini kabul etti. Hemen yakındaki bir kafeye oturdular.

"Teşekkür ederim," dedi Ömer.

"Niye teşekkür ediyorsunuz?" diye sordu İlknur.

"Teklifimi kabul ettiğiniz için. Bu fırsatı bana vererek beni çok mutlu ettiniz. Sizden çok etkilendim. Diğer kızlardan çok farklısınız. Sizi ilk görüşte diğer kızlardan farklı olduğunuzu anlamıştım!"

"Benim diğer kızlardan ne farkım varmış ki? Ben, bir daha rahatsız etmeyesiniz diye teklifinizi kabul ettim. Yoksa ümide kapılmayın. Bu tavrım size cesaret vermesin."

"Tabii ki değil! Diğer kızlardan farkınız ciddi ve ağırbaşlı olmanız. Ben insanları tanırım. Hafif insan değilsiniz. Ben size kendimden bahsetmek istiyorum, izin verirseniz..."

"Fark etmez. Çayımı içip kalkacağım.

Konuşabilirsiniz."

"Ben İktisat Fakültesi mezunuyum. Babamın çeşitli sektörlerde iş yapan şirketleri var. Ben de bu şirketlerin başında finans müdürü olarak çalışıyorum. Babamdan beş kuruş para almam, bugüne kadar da almadım. Kendi yağımla kavruluyorum. Maaşımın dışında başka gelirim yok. Evli değilim. Mütevazı bir hayatım var. Gece hayatını sevmem."

"İyi de bunları niye anlatıyorsunuz ki? Yani, ilgimi çekmeyen şeyler söylüyorsunuz."

"İlk görüşte aşka inanır mısınız?"

İlk görüşte aşk... İlknur'un ancak rüyasında gerçekleşeceğine inandığı bir kavram. Ama böyle bir aşkı yaşamak isterdi. İlgisizmiş gibi Ömer'in yüzüne bakmadan cevap verdi;

"Ancak hikâyelerde, filmlerde yaşanır.

Böyle şeylere inancım yok."

"Ben sizi ilk gördüğümde âşık oldum. Kaç aydır sizi uzaktan izliyorum. Gece rüyalarımda, gündüz hayallerimde siz varsınız. Gördüğüm her yerde, her nesnede siz varsınız. Bunun adı aşk değil de nedir?"

Bu sırada çaylar gelmiş, içmeye başlamışlardı. Ömer güzel şeyler söylüyor, İlknur'un ruhunu okşuyordu. Bu işlerde usta biri olduğunu İlknur bilemezdi tabii. İlknur, çayını yudumlarken hiç durmadan konuşan ve kendisine tatlı sözler söyleyen Ömer'i yan gözle süzüyordu. Ömer güler yüzlü, esmer, atletik yapılı bir delikanlıydı. Yakışıklıydı. Ömer'e karşı yavaş yavaş duygularının yumuşadığını hissetti. Çayları içip kalktıklarında Ömer hesabı ödedi. Birlikte bir müddet yürüdüler. Neden sonra İlknur;

"Çay için teşekkür ederim. Burada ayrılalım," diyerek Ömer'den ayrıldı. Ömer'in tekrar görüşme isteğini cevapsız bırakarak hızlı adımlarla oradan uzaklaşmıştı.

Daha sonraki günlerde de Ömer'in aniden karşısına çıkmaları, çiçeklerle, güllerle İlknur'a sürekli hediyeler sunması İlknur'un yavaş yavaş pes etmesine neden oldu. Birlikte, İlknur'a göre, büyük bir aşk yaşamaya başladılar. Tıpkı İlknur'un hayal ettiği gibi bir aşk; romantik ve dolu dolu...

İlknur, henüz ikinci sınıftaydı. Okulunu bitirip ailesinin geçimine yardım etmek istiyordu. Evlilik aklında yoktu. Ama bir gün Ömer elinde bir söz yüksüğü ile geldi ve evlenme teklif etti. İlknur önce şaşırdı, ne cevap vereceğini bilemedi. Ailesini düşünüyordu.

"Aileni hiç düşünme aşkım. Senin ailen benim ailemdir. Annen, benim annem, ağabeyin benim kardeşim... Onlara bizim dairelerden birini veririz. Kira almayız. Ağabeyine de şirketlerden birinde iş veririz. Biz de yardım ederiz," diyen Ömer, İlknur'un evlilik teklifini kabul etmesini sağladı.

İlknur, aileden usulüne uygun istendi. Söz kesildi, kısa sürede nişan düğün birlikte yapılarak aile ocağından ayrıldı. Bütün masrafları Ömer yapmış, İlknur'a ve ailesine tek kuruş harcatmamıştı.

Bu arada İlknur okuluna ara vermiş ve çalışmaya başlamıştı. Aslında buna anlam veremiyordu. Ömer zengin bir ailenin çocuğuydu güya ama onu çalıştırıyordu. Kısa süre sonra eve peşpeşe gelen icra ihbarnameleri ile Ömer'in foyası ortaya çıktı. Ömer aslında zengin aile çocuğu olmadığı gibi üniversite mezunu da değildi ve bahsettiği gibi büyük bir şirketin finans müdürü de değildi. Ömer'in ailesi köyde yaşıyordu. O, İstanbul'a çalışmaya gelmişti. İlknur nasıl bir tuzağa düştüğünü anlamıştı ama iş işten geçmişti. Yapacak bir şey yoktu. Sevdiği adam, kocası bir sahtekârdı! İlknur'un mutluluğu ve huzuru tamamen kaybolmuştu. Ömer, İlknur'un umutlarını çalmıştı.

İlknur, bazen başını yastığa koyar ve gözyaşları içinde evliliklerinin ilk üç ayını hatırlardı. İlk aylarda her şey o kadar güzeldi ki... Sanki rüyada gibiydi. Ömer, her akşam bir demet gül, bazen çiçekle gelir, saatlerce aşkını anlatırdı. İlknur da bıkıp usanmadan dinlerdi. Gece yemeklerini mum eşliğinde yerler, güzel ve romantik gecenin ilerleyen saatlerinde aşka doymanın huzuruyla uyurlardı.

Üç ayın sonunda icra ihbarları gelmeye başladıktan sonra Ömer'de gözle görülür değişiklikler olmaya başladı. Aslında Ömer romantik bir insan değildi. Ömer, bukalemun yüzlü bir insandı. Gerçek yüzünü ortaya çıkarmıştı nihayet. O, tam bir maçoydu. Erkeğin toplumsal veya cinsî bakımdan kadına egemen olduğu ve bu nedenle efendilik ve üstünlük gibi ayrıcalıkları olması gerektiği düşüncesine dayanan davranışlar göstermeye başlamıştı.

Aşırı kıskançlık vardı Ömer'de. Üç ayın sonunda İlknur'u işten çıkarmıştı. Onun tek başna alışverişe gitmesine, evden çıkmasına

dahi izin vermiyordu. Annesine gideceği zaman bile Ömer'den izin alıyor, nereye gideceğini, ne zaman geleceğini hatta gittiği yerde ne yapacağına kadar bilgi veriyordu. Yavaş yavaş ailesiyle görüşmesine sınır getirdi Ömer... Zaten içine düştüğü durumdan dolayı ne annesinin ne de ağabeyinin yüzüne bakamıyor, onlardan utanıyordu.

Evde yiyecek içecek sıkıntısı baş göstermişti. Ömer'in aldığı az miktardaki maaşla geçinemiyorlardı. Ömer'in aldığı maaş kiraya, elektrik ve suya ancak yetiyordu. Bu nedenle çalışmak isteyen İlknur'a çok sert tepki gösterdi Ömer. İlknur'u tokatlayarak feci şekilde dövdü. Tipik Türk erkeği maçoluğundaki Ömer, İlknur'un üniversite öğrencisi olmasını kıskanıyordu. Oturmasıyla, kalkmasıyla, konuşmasıyla ve görgüsüyle kendisinden üstün olan İlknur'u kıskanıyordu. İçindeki üstünlük dürtüsünü onu döverek tatmin ediyordu.

Bir gün Ömer işe gittikten sonra eşyalarını toplayıp çıktı İlknur. Annesine sığınmaktan başka yapacak bir şeyi yoktu. Hem annesine bakacak hem de yarım bıraktığı okuluna geri dönecekti. Hayata kaldığı yerden devam etmek istiyordu. Hiç vakit kaybetmeden boşanma davasını açtı. Hastaneden alınan darp raporları, komşuların ifadeleri, İlknur'un okulunu dondurduğunu gösteren belge, Ömer'in icraları, geçmişindeki bozuk sicil... Evet, İlknur Ömer'in eski bir sabıkalı olduğunu mahkemede öğrenmişti. İlknur, iki celsede boşandı. Ömer'den nafaka istememişti.

Boşandığı gün onun yeniden doğduğu gün gibiydi âdeta. Mutluluktan neredeyse havaya uçacak gibi hissediyordu kendini. Kuşlar kadar özgür, turnalar kadar mutluydu. Annesine, ağabeyine sarılarak mutluluğunu gözyaşlarıyla bütünleştiriyordu.

En kısa zamanda okuluna geri döndü ve kaldığı yerden okumaya başladı. Evlilik düşüncesini aklından tamamen çıkarmış ve kendini derslerine vermişti. Bir an önce okulunu bitirerek aile bütçesine katkıda bulunmak istiyordu.

Bu şekilde iki yıl geçti. İlknur, okulunu başarıyla bitirerek mezun oldu. İki kız arkadaşı ile turizm şirketi kurdular. Hem tercümanlık yapıyorlar, hem tur düzenliyorlar, hem de turistik otellere müşteri temin ederek rezervasyon yapıyorlardı. Kısa sürede işleri çok hızlı ilerledi ve sektördeki en önemli şirketlerden biri hâline geldi.

Ömer, iki defa İlknur'un evine gelerek tacizde bulunmuş, birkaç kez de ofise gelerek taşkınlık yapmış, tehditler savurarak korkutmaya ve para koparmaya çalışmıştı. Ama İlknur'un ağabeyi Recep onların korumalığını üstlenmişti. Ömer'in taciz edeceğini bildikleri için evde, caddede, sokakta, hatta iş yerinde bile İlknur'un yalnız kalmasına izin vermeyen Recep'in bu düşüncesinde haklı olduğu kısa zaman içinde anlaşılmıştı. Bir seferinde Recep, Ömer'i bir güzel pataklamış ve bir daha da gelmesine izin vermemişti. Ömer asalağından ağabeyi sayesinde kurtulan İlknur, annesi ve ağabeyi ile beraber mutlu bir şekilde yaşamaya başladı. Bu evlilikten çıkaracağı ders mutlaka vardı.